꿈 많은 10대를 자신있게 살아라

초판 1쇄 인쇄_ 2013년 2월 15일 | **초판 1쇄 발행**_ 2013년 2월 20일
지은이_박창수 | **펴낸이**_진성옥 · 오광수 | **펴낸곳**_꿈과희망
디자인 · 편집_김창숙, 박희진 | **마케팅**_최대현, 김진용
주소_서울시 용산구 갈월동 101-49 고려에이트리움 713
전화_02)2681-2832 | **팩스**_02)943-0935 | **출판등록**_제1-3077호
http://www.dreamnhope.com| e-mail_ jinsungok@empal.com
ISBN_978-89-94648-36-1 03810
※ 책 값은 뒤표지에 있습니다.
ⓒPrinted in Korea. | ※ 잘못된 책은 바꾸어 드립니다.

부모의 마음이 따뜻하게 담겨 있는 사랑의 선물

꿈 많은 10대를
자신 있게
살아라

박창수 지음

꿈과 희망

꿈을 이루어가는 사람이
아름다운 사람입니다.

청소년 여러분들이 엄마의 품 가족의 품에서 한 걸음 내
디뎌야 할 이 사회는 모든 사람들의 상상을 초월하는 곳입
니다. 수많은 사람들이 서로 어우러지면서 각각의 모습으
로 만들어가는 환경이고 공간이기에 어려운 일, 흥미로운
일, 즐거운 일 등 아주 다양한 일들이 벌어집니다.

그 속에서 꿈을 실현해 나가야 합니다. 가정이라는 든든
한 보호 속에서 마음껏 디자인한 꿈의 모습을 하나하나 형
태를 만들어가야 합니다.

이 책에는 이제 한 걸음 한 걸음 밖으로 내디뎌야 할 우리 청소년들에게 힘이 되고 빛을 밝혀줄 등대 같은 이야기들이 담고자 했습니다. 따뜻한 울타리 속에서 곱게 자란 여러분들에게 용기를 주고 삶의 희망을 알려주고자 하는 이 글들은 작가 입장이기보다는 바로 자식에 대해 그 누구보다 잘 알고 있는 한 가정의 가장이자 부모님의 입장에서 구성했습니다.

어려움에 처했을 때, 꿈을 키워가야 할 때, 사랑에 대해, 친구에 대해, 세상을 바라보는 방법에 대해 우리가 어떻게 지혜롭게 대처하고 극복해 나가야 하는지에 대한 지혜를 모든 부모님의 마음으로 그 자녀들에게 알려주고자 합니다.

이 세상은 아름다운 곳이라는 밝고 긍정적인 사고를 갖고 적극적인 행동으로 노력하는 사람들에게는 좋은 일, 아름다운 일만 펼쳐질 거라고 믿습니다.

이제 우리가 할 일은 우리 스스로 꿈을 현실로 실천해 나가는 용기를 내기만 하면 됩니다.

차 례

꿈 많은 10대를
자신있게 살아라

 인생은 선택하는 대로 이루어진다

1   작은 일이어도 최선을 다해야 한다 ⋯ 12

2   상처 주는 말은 하지 말아라 ⋯ 15

3   남을 돕는 것은 아름다운 일이란다 ⋯ 18

4   책 속에 모든 지혜가 들어 있다 ⋯ 21

5   여행은 살아 있는 책이란다 ⋯ 24

6   싸움은 절대 하지 말아라 ⋯ 27

7.   시간을 아끼는 것은 돈을 아끼는 것과 같다 ⋯ 29

8   일기를 쓰는 것은 최고의 책을 쓰는 것이다 ⋯ 32

9   직업에 대한 선택은 빠를수록 좋다 ⋯ 35

10. 늘 정직하게 살아야 한다 ⋯ 38

11. 청결한 생활을 유지해야 한다 ⋯ 42

12. 용기와 만용을 구분할 줄 알아야 한다 ⋯ 45

13. 여자를 남자와 차별하여 보면 안 된다 ⋯ 48

14. 건강은 그 무엇과도 바꿀 수 없다 ⋯ 51

15. 어른을 공경하라 ⋯ 54

16. 우정은 돈으로도 살 수 없다 ⋯ 56

17. 남의 말에 귀기울일 줄 알아야 한다 ⋯ 59

18. 늘 밝은 얼굴을 유지해라 ⋯ 61

용기 있는 사람만이 행운의 미소를 지을 수 있다

19. 좋은 쪽으로 받아들이고 좋은 쪽으로 생각해라 … 66

20. 잘못된 습관은 고치려고 노력해라 … 69

21. 누구에게 의지하려고 하지 말아라 … 71

22. 금전출납부를 쓰도록 해라 … 73

23. 세상을 넓게 보아라 … 76

24. 남의 탓으로 돌리지 말아라 … 79

25. 약속은 반드시 지켜야 한다 … 82

26. 40년 후 계획표를 세워라 … 85

27. 메모하는 습관을 가져라 … 88

28. 자신이 한 말에 책임을 져야 한다 … 91

29. 겸손한 자세를 유지해라 … 94

30. 선의의 경쟁을 해라 … 96

31. 창의력을 키워라 … 99

32. 너희들만의 개성을 키워라 … 102

33. 늘 바른말을 사용하여라 … 105

34. 자신의 생각을 밝혀라 … 108

35. 성에 대해 궁금한 것은 엄마, 아빠에게 말해라 … 111

오늘은 지금 부터의 인생에 있어서 첫 번째 날이다

36. 자신감을 가져라 … 116

37. 엄마와 함께 요리를 해라 … 118

38. 옷차림은 단정해야 한다 … 121

39. 타협할 줄도 알아야 한다 … 124

40. 아빠가 하는 일을 함께 체험해라 … 126

41. 눈은 매우 소중한 신체의 일부란다 … 129

42. 존경하는 인물이 있어야 한다 … 132

43. 중요한 날은 잊지 말고 기억해라 … 134

44. 취미생활을 즐겨라 … 136

45. 우리 전통 음식을 즐겨먹어라 … 139

46. 선물에 마음을 담아라 … 141

47. 조국을 사랑해라 … 144

48. 약자 편에 서라 … 147

49. 형제들에게 잘해라 … 149

50. 자기 자신을 가장 사랑해라 … 152

꿈 많은 10대를
자신있게 살아라

함께 만들어 가는 세상은 아름답다

51. 새로운 정보를 얻고자 노력해라 … 156

52. 빨래나 밥 짓기에 남녀 구분이란 없다 … 159

53. 악기 한 가지는 연주해라 … 162

54. 환경 살리기에 앞장서야 한다 … 164

55. 공부는 머리가 맑을 때 해라 … 168

56. 게임에 중독되지 마라 … 171

57. 사소한 일에도 감사하는 마음을 가져라 … 175

58. 자신의 실수에 대해 핑계대지 마라 … 179

59. 고사성어(故事成語)를 즐겨 외워라 … 182

60. 게으름을 피우지 마라 … 186

61. 미리 어른 흉내 내지 마라 … 191

62. 먼저 용서의 손길을 내밀어라 … 194

63. 어른이 되어서도 이것은 하지 마라 … 198

64. 음악은 어느 한쪽에 치우치지 않는 게 좋단다 … 202

인생은
선택하는 대로 이루어진다

작은 일이어도 최선을 다해야 한다

부자가 되려면 10원짜리 동전부터 아끼고 저축하는 습관을 길러야 되듯이 성공하는 사람들의 습관 중 하나는 작은 일일지라도 자신에게 맡겨진 일과 자신이 해야 할 일에 최선을 다하는 것이란다.

엄마가 방 청소를 하라고 했을 때 게임 때문에 대충대

충 하고 빨리 끝내고 싶을 수도 있다. 발표하는 것이 아니고 간단하게 자료를 정리하기만 하는 숙제라면 먼저 한 친구 것을 그대로 옮겨 적고 싶을 때도 있을 것이다.

하지만 얘들아! 옛 속담 중에 '한 가지를 보면 열 가지를 안다'는 말이 있단다. 체육시간에 친구들과 게임을 할 때 온 힘을 쏟지 않고 천천히 움직이는 사람이 있다면 그 사람은 공부를 할 때도 부모님을 도울 때도 마찬가지로 적당히 하게 될 것이다.

사람들 중에는 열정이 있는 사람과 열정이 없는 사람이 있는데 열정이 있는 사람은 무슨 일을 하든 최선을 다하는 사람을 말한다. 반대로 열정이 부족한 사람은 모든 일을 함에 있어서 적당히 하고 넘어가려는 사람들이지.

열정을 지닌 사람들은 모든 일에 최선을 다하고 작은 일도 소중하게 생각하며 그로 인해 도전정신 또한 강해진단다.

공부를 하고 난 후에 책상을 정리하는 것은 늘 하는 것이기에 중요하지 않게 생각할 수도 있겠지만 정리가 된 책상과 정리되지 않은 책상은 다른 사람이 보았을 때 느낌이 매우 다르단다. 어디 그뿐이겠니. 다시 공부를 하려고 할 때 정리된 책상 앞에 앉으면 머리가 맑아지고 마음도 차분

하게 정리되지만 여기저기 책과 노트가 뒤엉켜 있는 책상 앞에 앉으면 어수선한 분위기로 인해 학습 효과도 떨어지고 네가 찾고자 하는 노트를 찾는 데만도 많은 시간을 소비하게 될지 모른단다. 이 세상에 하찮은 일이란 한 가지도 없단다.

 잠깐, 이런 것은 명심해야 한다.

●● 돈이나 물질적인 도움은 너희가 가진 용돈이나 부모님이 허락하는 정도로만 도와라

●● 공부나 학교생활에 문제가 없는 선에서 시간을 내야 한다.

●● 도움을 주면서 그에 따른 대가를 받으면 안 된다.

② 상처 주는 말은
하지 말아라

사람들은 짧은 대화 속에서도 서로 상처를 주고 상처를 받는 일이 무척 많단다. 말이란 한번 쏟아 놓으면 다시 주워 담을 수 없는 것이기 때문이지.

그래서 말인데 늘 말을 할 때는 먼저 생각을 하고 말을 하는 습관을 갖는 것이 좋단다. 생각을 하고 한 말은 그만큼 신중하기 때문에 상대에게 상처가 되지 않기 때문이지.

특히 가족에게는 더욱 말을 신중하게 하는 것이 좋단다. 사람들은 자신과 가까운 사람의 말일수록 듣고 기분이 좋거나 마음이 상하는 정도도 크단다.

이런 경우를 생각해 보자.

엄마는 너무 편하고 다 이해해 주실 것 같으니까 아무 생각 없이

"엄마는 왜 그렇게 뚱뚱해. 철이 엄마는 날씬하시던데." 라고 말한다면 엄마는 겉으로는 표현을 하지 않더라도 마음속으로는 분명 기분이 좋지 않으실 거다. 엄마 자신도 뚱뚱하다는 것을 알지만 자식인 너희가 친구의 엄마와 비교해서 그렇게 말하는 것은 엄마로서 무척이나 자존심 상하고 또 자식에게 그런 말을 들었다는 자체만으로도 우울하기 십상이란다.

차라리 이렇게 말하면 어떻겠니?

"엄마 선생님이 그러시는데 키에 비해 몸무게가 너무 많이 나가면 건강에 좋지 않다고 하더라구요. 그래서 저는 음식물을 조절해서 먹고 집에서 간단히 할 수 있는 운동을 꾸준히 할 참이에요. 엄마도 저하고 함께 운동해 보실래요?"

아마 엄마는 웃으시거나 너희를 대견스럽게 생각하실 거다.

그러니

"형, 누나는 잠꾸러기래요."

"우리 아빠는 담배를 무척 많이 피우세요. 그래서 골초래요."

"엄마는 성격이 급하셔서 화를 자주 내셔요."

뭐 이런 말들은 가급적이면 하지 않는 게 좋겠지. 가족들에게 말로 상처를 주는 사람은 친구나 또 다른 사람들에게도 비슷하게 상처를 주기 마련이란다. 사람의 습관이란 참으로 묘한 것이어서 한번 버릇이 생기면 쉽게 고쳐지지 않으니 얼마나 무서운 일이겠니. 가능한 한 상대가 들어서 기분 나쁘지 않고 좋은 말만 하도록 하여라.

 먼저 이것을 생각해 보아라

- 말을 하기 전에 머릿속으로는 어떤 말을 할 것인지 준비해라.
- 상대의 잘못을 반드시 지적해야 할 때는 때와 장소를 가려서, 그리고 상대에게 먼저 이해를 구하고 말을 해라. 특히 주변에 다른 사람이 있을 때는 하지 말아라.
- 가능한 한 칭찬의 말, 듣기 좋은 말을 많이 하거라.
- '사랑해요', '감사합니다', '힘내세요' 등의 말은 자주 할수록 좋다.

3 남을 돕는 것은 아름다운 일이란다

이 세상에는 수많은 사람이 살고 있지. 그 많은 사람들은 저마다 조금씩 다른 입장에서, 다른 처지에서 살고 있단다. 어떤 이는 병이 들어 고통을 받으면서 살기도 하고 어떤 이는 돈을 많이 벌어 큰 회사를 이끌면서 세계를 누비며 다니기도 하지. 또 어떤 이는 선생님이 되어 많은 제자들에

게 소중한 가르침을 전하고 또 어떤 이는 너무 가난해서 끼니를 굶으며 사는 이도 있단다.

이 세상 모든 사람들이 자신이 원하는 일을 하며 건강하고 안정된 삶을 살면서 행복을 느낀다면 너무도 좋은 일일 것이다. 안타까운 일이지만 그것은 그렇게 쉽지 않은 일이란다. 사람마다 처해 있는 현실이 다르고 능력도 다르기 때문이지.

단, 제각각 다른 삶을 살고 있는 사람들이지만 모두가 지구촌 사람들이고 우리의 이웃이라는 사실에는 변함이 없단다. 아주 오래 전에 태어난 유명한 철학자 아리스토텔레스라는 사람은 이런 말을 했단다.

"인간은 사회적 동물이다."

이 말은 쉽게 말하면 우리 인간은 혼자서는 살아갈 수 없다는 말과 같다. 사람은 주변 사람들과 함께 대화도 나누고 맛있는 음식도 나눠먹고 운동도 즐기고 그렇게 많은 것들을 함께 하면서 살아가기 마련이지. 아무리 아이큐(IQ)가 높고 얼굴이 잘 생기고 돈이 많다 하더라도 그 사람을 무인도에 데려다 놓으면 살 수 없단다. 사람은 다른 사람들과 함께 어우러져 살아가야 한단다. '더불어 사는 세상'이란 말이 바로 그런 얘기란다.

그렇다면 잘 사는 사람은 가난한 이를, 건강한 사람은 아픈 사람을, 많이 배운 사람은 배움이 부족한 사람을 이끌어주고 도우며 살아야 되지 않겠니. 하지만 수 천억 원의 돈이 있고 천하장사처럼 기운이 센 사람만이 이웃이나 친구를 도울 수 있는 것은 아니란다. 이를테면 말이다. 너희 반 친구 중에서 몸이 불편한 친구가 있다고 치자. 하교 시간에 그 친구의 가방을 들어주는 일도 아주 훌륭한 도움을 주는 것이란다. 작은 일이라 할지라도 상대에게 도움이 되는 일을 하면 그것이 바로 서로 돕고 사는 세상을 실천하는 것이지.

먼저 이것을 생각해 보아라

- 하나, 우리 주변 사람들 중 어려운 사람들을 찾아 보자.
  (   )
- 둘, 앞에 적은 사람들 중 너희가 도와 줄 수 있는 사람들을 한 두 사람 적어보자.
  (   )
- 셋, 돕기로 결정한 사람에게 어떻게 도움을 줄 것인지 구체적으로 적어보자.
  (   )

4 책 속에 모든 지혜가 들어 있다

엄마 아빠는 지금까지 많은 책을 읽었고 앞으로도 많은 책을 읽을 거란다. 그러나 어른이 되면 일과 생활이 바빠져서 자신이 원하는 만큼 책을 읽을만한 시간이 부족하지. 엄마 아빠도 욕심만큼 책을 많이 읽을 수 없어 아쉬울 때가 많단다.

사람이 태어나서 글자를 알고 난 후로 이 세상을 떠날 때까지 늘 곁에 두고 있으면 좋은 것이 바로 책이란다. 책 속에는 너희가 살아가는 동안 필요로 하는 모든 것이 들어 있다고 할 수도 있지.

책 속에는 우리가 알아야 할 많은 지식도 들어 있지만 우리에게 주어진 삶을 보다 현명하고 아름답게 그리고 알차게 살아갈 수 있게 도와주는 수많은 지혜가 들어 있단다.

책을 읽을 때는 지금 꼭 필요로 하는 지식을 얻을 수 있는 책을 먼저 읽어야겠지만, 그밖에도 더 많은 지식과 지혜를 얻기 위해서는 다양한 책을 읽어야 된단다.

교과서와 학습서는 학교 공부에 필요한 지식을 주지만 시와 명상 서적은 마음을 아름답고 깨끗하게 가질 수 있는 감성을 길러주지. 또 위인전은 우리가 직접 보지 못한 과거 속의 유명한 인물의 삶을 알 수 있고 그들의 삶에서 교훈을 얻게 된단다.

너희가 읽어야 할 책이 어디 이뿐이겠니. 역사책은 지나간 우리 인류의 역사를 알게 해주고 수필은 다른 사람들이 어떤 생각과 느낌을 갖고 살아가는지를 알 수 있게 한단다. 또 네가 어른이 되면 많이 읽게 될 소설은 너로 하여금 간접적으로 다양한 삶을 체험할 수 있게 해준단다.

책은 우리가 먹는 음식과 같은 것이란다. 한두 가지 음식만 먹을 경우 우리 몸의 영양상태가 고르게 발달하지 않듯이 책도 마찬가지란다. 늘 책 읽는 습관을 가지되 다양한 분야의 책을 읽길 바란다.

 인생의 지침이 되는 명언 한마디 — 1

＊ 사랑한다는 것은 우리가 마주보고 있는 것이 아니라 같은 방향 속에서 같이 생각하는 것이라 함을 경험은 일러준다.

— 생텍쥐페리

5 여행은 살아 있는 책이란다

너희가 어렸을 적에는 엄마 아빠와 함께 여행가는 것을 좋아했지. 지금은 여행에 대해서 어떻게 생각하니.

엄마 아빠는 너희가 여행을 좋아하는 사람이 되길 바란단다. 자신이 해야 할 일을 하지 못하고 여행만 다니는 것은

칭찬해 줄 일이 못되지만 자신의 생활에 최선을 다하면서 틈틈이 시간이 날 때마다 여행을 하는 것은 매우 좋은 일이란다.

여행이 좋은 것은 어린이나 어른이나 마찬가지지. 여행은 우리가 매일같이 반복되는 일상생활에서 잠시 벗어나 휴식을 취한다는 점에서 무엇보다 좋지만 그보다 더 중요한 이유는 많은 것을 보고 느낄 수 있기 때문이란다.

경상북도에 위치한 경주가 신라시대 수도였다는 사실은 책을 통해 알고 있을 거야. 고속철도 'KTX'가 다니고 있다는 것은 텔레비전에서 보았을 것이고 중국과 일본이 우리와 가장 가까운 이웃나라라는 것도 잘 알고 있을 거다. 하지만 직접 경주에 가서 불국사와 첨성대를 보았을 때의 느낌은 책 속에서 보았을 때와는 전혀 다를 것이다. 매우 새롭고 놀라울 것이며 신라의 역사와 문화에 대해 더 많은 생각을 하게 될 거야. 또 고속철도를 직접 타 보면 속도가 얼마나 빠른지 승차감은 좋은지 기차의 내부는 어떻게 되어 있는지를 생생하게 느낄 것이고, 일본이나 중국의 도시를 여행하게 되면 그곳 사람들의 생활하는 모습에서 우리 나라 사람들과는 어떤 차이가 있는지 알게 될 것이다.

여행이란 이처럼 직접 보고 느끼는 속에서 새로운 사실

을 배우게 되고 더 많은 생각을 하게 한단다. 여행에서 얻을 수 있는 것은 또 있단다. 서로 생각과 문화와 얼굴이 다른 다양한 사람들을 알게 되고 그들과 다양한 대화를 나누면서 얻는 즐거움도 크지. 또 우리가 사는 지구촌은 정말 크며 많은 사람들이 살고 있다는 것도 알게 된단다.

 인생의 지침이 되는 명언 한마디 - 2

＊ 인생에 있어 가장 위대하고 아름다운 여행은, 곧 자신을 발견해 내는 모험 속에 있다.

― 영화 '티벳에서의 7년' 중

6 싸움은 절대 하지 말아라

사람은 누구든지 다른 사람으로 인해 화가 나고 짜증이 날 때가 있단다. 때로는 옆에 있는 친구나 함께 사는 가족의 말 한 마디 또는 행동으로 인해 불쾌함을 느끼고 그로 인해 짜증을 내기도 하고 심한 경우에는 말다툼을 하게 되지. 더 감정이 상할 경우 주먹을 휘두르는 사람들도 있단다.

가족끼리, 친구끼리는 물론이고 잘 모르는 사람일지라도 서로 욕을 하고 싸우는 것은 매우 잘못된 일이란다. 싸움이 일어나면 싸움을 하는 두 사람 모두 돌이킬 수 없는 실수를 저지르게 되는 것이고 싸움은 스포츠와는 달라서 그 누구도 승자가 될 수는 없는 것이란다.

싸움이란 힘으로 문제를 해결하려는 것이지. 만일 모든 것을 힘으로 해결한다면 이 세상은 싸움꾼들로 어수선할 것이고 사람들은 노력을 하기보다는 싸움 잘하는 법을 먼저 배우려고 하지 않겠니.

화가 나거나 설령 너희가 손해를 보았다 할지라도 주먹을 먼저 사용하지는 말아야 한다. 대화로서 해결하려고 노력해야 한단다. 어떤 상황일지라도 대화를 하기 전에는 상대가 밉고 싫지만 대화를 통해 상대의 진실을 알게 된다면 상대를 이해할 수 있을 것이고 서로 화해할 수 있는 길이 열린단다.

자신의 화나 울분을 참지 못해 먼저 주먹을 휘두른다면 그것은 자신의 인내력이 부족함을 보여주는 것이나 다름없으니 싸움 같은 것으로 힘 자랑하는 일은 없도록 했으면 좋겠구나.

시간을 아끼는 것은 돈을 아끼는 것과 같다

시간이란 우리 눈에 보이지도 않고 잡히지도 않는단다.

시간이란 소리없이 지나가는 것이며 한번 가면 다시 돌아오지 못하는 그런 것이지.

좀 더 쉽게 말해 볼까.

모든 사람에게는 매일같이 24시간이라는 시간이 주어

지지. 하루 8시간 동안 일을 하고, 10시간은 식사, 운동, 가족과의 대화 등에 필요한 시간이고, 나머지 6시간은 잠을 자는데 필요한 시간이라 생각해 보자. 어떤 사람이 일을 해야 할 8시간 동안 일을 하지 않고 친구들과 놀았다고 치자. 그 사람은 분명히 잠을 줄이거나 가족과 함께 하는 시간을 줄일 수밖에 없는 거란다.

너희가 10시간을 학교 수업과 공부하는데 쓰고 8시간은 잠을 자는데 사용한다면 나머지 6시간이 휴식, 놀이, 가족과의 시간이 되는 것이겠지. 하지만 너희가 오후 2시부터 10시까지 컴퓨터게임이나 친구들과 노는 시간으로 8시간을 보냈다면 너희에게는 잠자는 시간이나 공부해야 하는 시간이 2시간이나 부족해진 것이지. 이 같은 날들이 1년간 지속됐다면 시간을 제대로 잘 활용한 친구에 비해 730시간이라는 시간을 낭비한 셈이 되는 것이 된단다.

열심히 생활하는 많은 사람들은 시간을 그 무엇보다도 소중히 여긴단다. 그래서 사람들은 '시간은 돈'이라는 말을 하곤 하지. 공부에 필요한 시간을 전자오락에 쏟는다면 책이나 문구류를 살 돈을 군것질에 쓴 것과 똑같은 것이란다. 이미 지나가 버린 시간은 다시 주워 담을 수 없기 때문이지.

애들아! 엄마 아빠는 너희에게 꼭 당부하고 싶단다. 엄마나 아빠가 늘 너희를 따라다니면서 "지금은 오락하지 말고 공부해라", "잠자라", "지금은 밥 먹어라" 등등 너희의 모든 시간을 조절해 주고 관리해 줄 수는 없단다. 너희에게 주어진 시간은 너희 스스로 계획하여 알차게 사용해야 된다. 그렇다면 너희에게는 일일 생활 계획표가 필요하지 않겠니. 만일 지금까지 너희가 계획표 없이 생활했기에 많은 시간을 낭비했다면 지금부터라도 계획표를 써보고 그것을 지켜보는 것도 좋겠구나.

 인생의 지침이 되는 명언 한마디 - 3

* 사람들의 가장 큰 착각 중에 하나는 현재의 시간을 이러지도 저러지도 못하는 결정적인 시간이 아니라고 생각하는 일이다. 자기의 가슴속에 깊이 새겨 두라. 하루하루, 그것은 1년 중의 가장 좋은 날이라고……

— 에머슨

8 일기를 쓰는 것은 최고의 책을 쓰는 것이다

요즘은 아이 어른 할 것 없이 누구나 하루하루가 바쁘게 돌아가는 것 같구나. 너희도 학교 마치고 각자 할 일을 하다 보면 어느새 또 하루를 마무리해야 하는 밤이 되지 않니.

하루하루 우리에게 주어진 시간을 알차게 보내는 일이 매우 중요하지만 또 한 가지 우리가 매일같이 하면 아주 유

익한 것이 있단다. 차분한 마음으로 자신의 하루를 돌이켜 보면서 잘못했거나 하지 말았어야 했던 일이 있었다면 반성을 하고, 매우 인상적이었거나 특별했던 일들은 다시 한 번 기억하면서 즐거움을 느낄 수 있는 일, 그것은 바로 일기를 쓰는 것이란다.

　사람들은 생각을 하거나 말을 하는 것은 부담을 갖지 않으면서도 그것들을 글로 쓰는 것은 부담스러워 하는 편인 것 같다. 때문에 어린이들은 선생님이나 부모님의 강요에 의해 일기를 쓰기도 하고, 어른들은 많은 사람들이 바쁘게 살아간다는 핑계로 일기 쓰는 일을 잊고 살아가기도 하지.

　일기가 중요한 것은 누구도 대신 쓸 수 없는 글이기 때문이란다. 아무리 유명한 작가라 할지라도 다른 사람의 일기를 대신 쓸 수는 없다. 일기란 각 개인이 자신이 하룻동안 있었던 일을 옮겨 놓는 작업이므로 그 누구도 대신할 수는 없는 것이지.

　열 살 때부터 60세까지 50여 년 간 꾸준히 일기를 썼다고 치자. 그것을 책으로 만든다면 50권 분량의 장편이 되지 않겠니. 글을 쓰는 작가들은 많지만 한 사람의 삶을 50권 분량의 책으로 써놓은 작가는 흔치 않단다.

　물론 책을 만들기 위해서 또는 다른 특별한 목적을 위

33
● 인생은 선택하는 대로 이루어진다

해서 일기를 써야 하는 것은 아니지만 일기를 통해서 얻어지는 또 한 가지 중요한 것이 있단다. 그것은 너희가 일기를 쓰면서 저절로 얻게 되는 문장력이지. 앞으로 너희가 공부를 하는 동안 작문 실력은 그 어느 것 못지 않게 중요하단다. 자신의 생각과 견해를 글로 잘 표현할 수 있다는 것은 칭찬할 만한 일이며 전문 분야를 공부하고 연구하여 논문을 쓸 때도 이 같은 문장력은 매우 중요한 역할을 하게 된단다.

　애들아! 그러니 일기를 쓰는 것은 너희가 매일같이 밥을 먹고 건강한 체력을 유지하는 것처럼 너희들의 삶을 살찌울 수 있는 영양제가 될 것이라고 엄마 아빠는 믿는단다.

 인생의 지침이 되는 명언 한마디 - 4

＊ 만일 우리가 오늘을 돌보면 신은 우리의 내일을 돌보아 줄 것이다.
－ 마하트마 간디

9 직업에 대한 선택은 빠를수록 좋다

우리가 살면서 소중한 것들 중 다섯 손가락 안에 꼽히는 한 가지는 바로 직업이란다. 너희도 학교를 마치면 직업을 정하게 될 거다. 세상 모든 사람들은 저마다 일을 하여 돈을 벌고 그 돈으로 생활도 하고 저축도 하며 어려운 이웃

을 돕기도 하지.

일이란 수천 가지가 있고 그 중에서 어떤 일을 할 것인가에 대한 선택은 각자가 하는 것이다. 그러니 너희도 장차 어떤 직업을 갖고 일할 것인지는 스스로 선택을 해야 될 것 같구나.

고상하고 편하고 남들이 볼 때 좋아 보이는 직업이라고 해서 그 일이 가장 좋은 일이고 모든 사람들에게 잘 맞는 일은 결코 아니란다. 직업에는 귀천이 없단다. 중요한 것은 자신이 하는 일에서 '얼마나 만족을 느끼는가' 일 것이다. 또 더 나아가서는 우리 사회와 많은 사람들에게 도움을 많이 줄 수 있는 일이라면 더욱 좋지 않겠니.

아빠가 너희처럼 어렸을 때는 가수가 되고 싶었단다. 남들 앞에서 노래를 잘 불러서 칭찬을 받곤 해서 아빠는 막연히 가수가 되겠다고 생각했던 것 같다. 세월이 흘러 대학에 들어가서야 글을 쓰는 사람이 되겠다는 선택을 했지. 너희처럼 어렸을 때 작가나 기자가 되겠다는 선택을 했더라면 아빠는 지금쯤 더 유명한 사람이 되었을지도 모른다. 너무 늦은 선택이었단다. 때문에 지금의 자리에 서기까지 일찍 선택한 사람들보다 더 많은 어려움을 겪고 고난을 헤쳐 나가야만 했단다.

애들아! 지금부터 너희가 하고 싶은 직업을 선택하거라. 직업은 평생직업이라고들 말한단다. 건강이 따라주는 한 우리는 어떤 일이든 일을 하면서 살아가기 때문이지.

21세기는 전문화 시대란다. 어느 분야이든 전문 분야에 대한 지식이 없이는 전문가로 성장할 수 없으며 남보다 한걸음 더 먼저 선택하고 준비해야만 성공도 더 빠르단다. 많은 유명인들이 10대나 그 이전에 자신의 직업을 선택했고 그 분야에서 최고가 되기 위해 많은 노력을 기울였기에 그들은 성공할 수 있었단다.

 이렇게 해보자

●● 1단계: 자신이 가장 잘 할 수 있는 분야나 관심이 많은 분야를 3가지만 적어보자. (예: 미술, 수학, 과학)
●● 2단계: 해당 분야의 직업들은 어떤 것들이 있는지 찾아보자. (예: 미술 – 화가, 디자이너, 일러스트레이터, 그래픽디자이너, 컬러리스트 등등)
●● 3단계: 조사한 직업들 중 꼭 해보고 싶은 직업 3~5가지를 선택한 후 부모님 또는 선생님께 해당 직업의 특성이나 전망 등을 상세히 알아보자.
●● 4단계: 3단계가 마무리되면 최종적으로 자신이 가장 잘 할 수 있고 실현 가능한 직업 한 가지를 선택하자.

늘 정직하게 살아야 한다

　세상에는 수많은 사람들이 살고 있지. 우리가 사는 지구촌 인구는 아마도 수십억 명이 될 거야. 그런데도 불구하고 이 세상에는 단 하나라도 똑같은 사람은 없단다. 쌍둥이라면 얼굴은 같을 수 있겠지. 하지만 쌍둥이마저도 각각 다른 성격과 생각을 갖고 있단다. 이렇게 서로 다른 수많은

사람들이 살아가지만 모두가 한 마음이었으면 하는 것이 있단다. '정직하게 살자' 는 것이 그것이란다.

어떤 사람들은 남을 속여 그로 인해 상대방에게 피해를 주고 교도소에 가기도 하고 또 어떤 사람들은 사실이 아닌 소문을 퍼뜨려 사람들의 마음을 혼란스럽게 하거나 싸움을 하게 하기도 하지. 그런가 하면 이런 사람들도 있단다. 자신이 실수나 잘못을 해놓고도 하지 않았다고 거짓말을 하는 사람들 말이야. 이런 사람들의 공통점은 정직하지 않다는 것이란다.

세상에는 정직한 사람도 많지만 이런 부류의 사람들처럼 정직하지 못한 이들도 적지 않단다. 우리가 사는 세상이 아름다워지기 위해서는 무엇보다도 정직한 사람들이 많아져야 한단다. 정직하다는 것은 있는 사실을 그대로 보고 말하고 거짓된 말이나 행동을 하지 않는 것이지.

정직하게 생활하는지 아닌지는 우리 살아가는 순간순간 느낄 수 있단다. 이를테면 아주 사소한 일에서도 정직한가 그렇지 않은가는 쉽게 나타난단다.

친구와 컴퓨터게임을 너무 많이 하다 보니 집에 돌아오는 시간이 한 시간 늦어졌다, 이럴 경우 엄마는 왜 늦었느냐고 꾸중을 하시겠지. 이때에 만일 너희가 "학교에서

청소하고 오느라고 늦었어요."라던가 "선생님을 도와 교실 정리를 했어요."라고 말했다면 너희는 정직하지 못한 사람이 되는 것이다.

사실 그대로 "친구와 게임을 하다 보니 늦었어요. 다음부터는 이런 일이 없도록 노력하겠어요. 죄송해요. 엄마."라고 말한다면 그 순간에는 잠시 엄마에게 야단을 맞을지 몰라도 사실 그대로 말했기 때문에 그 후에 마음이 편해진단다.

하지만 너희가 거짓말을 하여 엄마로부터 꾸중을 듣지 않았을 경우 너희 마음은 한편으로는 "꾸지람을 듣지 않으니 다행이야."라고 하면서도 다른 한편으로는 "만일 엄마가 학교에 전화를 걸어 확인하면 어떡하지."라는 걱정거리가 생길 것이다. 설령 엄마가 학교에 확인하지 않아서 없던 일처럼 넘어갔을 경우 너희는 언젠가는 또다시 그와 비슷한 상황이 벌어졌을 때 다시 거짓말을 할 것이다.

거짓말이나 거짓된 행동이 정말 좋지 않은 이유는 한 번 두 번에서 그치는 것이 아니라 반복되면서 습관이 될 수 있다는 것이란다. 습관이 되면 쉽게 고치기 힘들게 되며 또 거짓말을 한 것에 대한 마음의 부담감은 갈수록 커져가겠지.

사람은 누구나 실수를 할 수도 있고 잘못을 저지를 수

도 있단다. 실수나 잘못된 행동보다 더 중요한 것은 그 사실을 스스로 인정하고 솔직하게 밝히는 것이란다.

　　애들아! 너희는 늘 정직하게 살았으면 좋겠다. 아마 그렇게 할 것이라고 믿는단다.

 인생의 지침이 되는 명언 한마디 - 5

＊ 삶의 진실을 말해 주겠습니다. 거기엔 나쁜 소식과 좋은 소식이 있습니다. 나쁜 소식은 우리가 삶의 비밀로 통하는 문의 열쇠를 잃어버렸다는 것이고, 좋은 소식은 그 문은 여태껏 단 한 번도 잠긴 적이 없다는 것입니다.

　　　　　　　　　　　　　　　　　　　　　　－ 스와미 비욘다난다

청결한 생활을 유지해야 한다

　　너무 피곤한 날에는 공부를 마치면 씻지 않았는데도 곧
장 잠을 자고 싶기도 할 거야. 또 친구들과 뛰어 놀다가 집
에 돌아왔을 때 배가 고프면 곧장 음식을 찾아서 먹을 수도
있어. 그러나 사람은 누구나 청결하고 위생적인 생활을 유

지하는 것이 바람직한 생활습관이란다.

너희가 청결하고 위생적인 생활을 유지하려면 밖에 나
갔다 오거나 화장실을 다녀온 후에는 반드시 손을 씻는 습
관을 갖는 것이 중요해. 특히 식사 전에는 머리와 옷 매무
새를 단정히 하고 손을 씻어야 하지. 또 잠자리에 들기 전
에는 몸을 깨끗이 씻어야 하며 하루 세 번 식사 후 양치질은
꼭 해야만 한단다.

누가 보더라도 몸을 깨끗이 하고 다니는 사람이 보기
좋고 가까이 하고 싶을 거야. 길거리에서 생활하는 홈리스
처럼 머리는 헝클어져 있고 손과 얼굴이 때에 절어 있다면
누군들 좋아하겠니.

애들아! 청결한 생활을 해야 하는 중요한 이유는 무엇
보다도 건강을 위해서란다. 양치질을 하지 않고 손을 자주
씻지 않으면 감기에 쉽게 걸린다다. 머리를 자주 감지 않고
먼지나 때가 끼인 옷을 오랫동안 입으면 피부병에 걸릴 수
도 있단다.

청결함을 유지하는 것은 하나의 습관이란다. 평소에
손발을 씻는 일이나 양치질을 대수롭지 않게 여긴다면 그
것은 습관이 되어 쉽게 고쳐지지 않게 되지. 혹시라도 너희
가 잠들기 전에 씻는 것이 귀찮아서 엄마에게는 씻었다고

말한다면 청결한 생활을 하지 않았으니 건강에 좋지 않을
테고 또 한가지 거짓말까지 하였으니 문제는 더욱 커지는
셈이지.

　　애들아! 청결은 남을 위한 것이 아닌 너희 스스로를 건
강하게 하는 일인 만큼 청결한 생활을 위한 좋은 습관을 가
지도록 노력해라.

인생의 지침이 되는 명언 한마디 - 6

＊ 모든 사람들의 마음 속에는 좋은 소식이 있다. 바로 자기 자신이 얼마나 위대해질
수 있는지, 얼마나 많은 사랑을 베풀 수 있는지, 얼마나 많은 것들을 이룩할 수 있
는지, 그리고 얼마나 큰 잠재력이 있는지 알 수 없을 만큼 한계가 없다는 것이다.

－ 안네 프랑크

12 용기와 만용을 구분할 줄 알아야 한다

얘들아! 선생님이나 엄마로부터 '용기 있는 사람이 되라' 는 말을 자주 들었을 테고 앞으로도 종종 듣게 될 거야. 용기 있는 사람이 된다는 것은 아주 좋은 일이기 때문이지. 그렇다면 용기 있는 사람은 과연 어떤 사람일까?

학교나 직장에서 집으로 돌아오는데 너희 또래의 남자

아이들이 여자 아이 한 명을 괴롭히고 있을 때 너희가 모른 척하고 그냥 지나치지 않고 남자아이들에게 "여자아이를 괴롭히는 것은 좋지 않은 일이니 그만두는 게 좋지 않겠니." 하고 말한다거나 그 순간은 거짓말일지라도 여자아이를 보호해 주기 위해서 "얘는 내 동생이야. 그러니 그만두지 못하겠니."라고 말한다면 너희는 정말로 용기 있는 사람이 되는 거야.

용기 있는 사람이란 좋지 않은 일이나 어떤 상황 즉 '불의'를 보고 모른 척하지 않고 직접 나서서 잘못된 부분에 대해 정확히 말하고 어려운 상황에 처한 사람을 구해주는 등 그 문제를 해결하려는 사람이란다.

언젠가는 이런 일도 있었지. 일본의 한 지하철역에서 한국 유학생이 술에 취한 일본인이 비틀거리다 선로 위로 떨어지자 그 사람을 구해 주고 자신은 정작 전동차를 피하지 못해 목숨을 잃고 말았어. 그 유학생은 정말로 용기가 대단한 사람이다. 목숨을 잃지 않았다면 더욱 좋았을 텐데.

하지만 어떤 사람들은 용기가 아닌 만용을 부리는 이들도 있어. 아이들 중에는 친구들이 보는 앞에서 높은 곳에서 뛰어내린다거나 어른들이 사용하는 위험한 기구를 사용하는 것으로 자신이 용기 있는 사람임을 과시하려고 하는 사

람들도 있을 거야. 그러나 그런 행동은 용기가 아닌 만용이 란다.

진정한 용기란 매사에 올바른 말과 행동으로 당당한 모 습을 보여주는 거란다. 또 때로는 위기에 처한 누군가를 구 해 줘야 하는 순간이 있다면 자신의 힘이 닿는 한에서 최선 을 다해 돕는 것이 용기 있는 사람이지.

얘들아! 이제는 용기와 만용을 구분할 수 있겠니?

● 인생은 선택하는 대로 이루어진다

 인생의 지침이 되는 명언 한마디 ─ 7

＊ 영웅은 보통 사람보다 용기가 엄청나게 많은 것은 아니다. 다만 5분쯤 더 용기가 지속되는 것뿐이다. 영웅이란 결국 좀더 버티는 힘을 가진 사람이다.

─ 에머슨

13 여자를 남자와 차별하여 보면 안 된다

이 지구에 사는 사람들의 절반은 여자이고 절반은 남자란다. 그 숫자가 정확히 절반은 아니지만 남자와 여자의 비율은 비슷하다고 보면 된다. 때문에 우리가 생활하는 모든 공간에는 여자, 남자가 늘 함께 있기 마련이란다.

사람들은 흔히 여자를 아름답고 섬세하다고 표현하고

남자는 건강하고 용맹하다고 표현하기도 하지만 굳이 아름다움이나 건강함으로 여자와 남자를 구분지을 필요는 없단다. 사람에 따라서 외모가 아름답고 성격이 세심한 남자들도 적지 않으며 건강한 체력으로 스포츠 스타가 되거나 전쟁터에 나가 싸우는 군인들 중에도 여자는 많기 때문이지.

남자와 여자는 '인간' 또는 '사람' 이라는 하나의 의미로 통하듯이 서로를 차별하여 보거나 생각할 필요는 없단다. 이를테면 여자는 남자보다 말이 많고 체력이 약하고 가사일을 주로 하는 사람들로 여겨서는 절대 안 된단다. 마찬가지로 남자는 힘이 세고 돈을 많이 벌어 성공을 해야 하며 직업도 건축, 경영, 전자, 전기 등과 관련된 분야의 것이어야 한다는 생각도 가져서는 안 된단다.

과거의 경우 여자들은 가사 일을 주로 돌보고 일을 하더라도 남성 밑에서 일을 도와주는 보조 역할을 하는 경우가 많았던 것은 사실이다. 하지만 시대가 달라졌단다. 현대 사회에서는 남성의 일, 여성의 일이 따로 없으며 남자이기 때문에 가능하고 여자이기 때문에 불가능한 일이란 없단다.

잘 생각해 보렴. 너희는 아빠와 엄마 두 사람 중 누구 한 사람이 더 위대하고 뛰어나다고 생각하니? 그렇지는 않지. 마찬가지로 남자와 여자는 모든 것에서 평등하고 늘 동

등한 인격체이란다. 능력과 성공, 아름다움과 힘 이런 모든 것들은 남자와 여자 누구에게나 주어질 수 있는 것이란다. 단지 각 개인에 따라서 부족한 것이 있고 넘치는 것이 있을 뿐이란다.

 이런 말은 하지 않도록 하자

- ●● 저 애는 여자 같아.
- ●● 우리 반 OO는 남자들보다 힘이 더 세고 사나워.
- ●● 공부는 여자애들이 잘해도 체육은 남자애들이 잘한다.
- ●● 나는 남자니까 여자들보다 더 잘해야 돼.
- ●● 아빠는 남자라서 화가 나면 무서워.
- ●● 남자는 여자처럼 울면 안 돼.
- ●● 내 동생은 여자라서 내가 돌봐줘야 해.

ⓘ4 건강은 그 무엇과도 바꿀 수 없다

　　'건강은 가장 큰 재산이다'는 말이 있다. 돈은 잃으면 다시 벌면 되고 명예를 잃으면 그 당시는 초라할지언정 다시 좋은 일로 성과를 거두면 또 다른 명예를 얻을 수도 있을 것이다. 하지만 애들아! 이것만은 잃어서는 안 된다. 그것은 건강이란다.

건강은 한번 잃으면 다시 회복하기 어렵단다. 의학이 발달되어도 건강 악화로 아무 일도 할 수 없게 된 사람들이 많단다. 나이가 들어 건강이 약해지는 것은 인간의 한계이기에 어쩔 수 없겠지만 어린이나 젊은이들이 건강에 문제가 생긴다면 너무도 슬픈 일이 아닐 수 없지. 사람은 젊을수록 해야 할 일도 많고 하고 싶은 일도 많단다. 그러나 건강이 따라주지 않으면 자신이 원하는 일을 할 수 없게 된단다.

지금 너희가 열심히 공부하고 친구들과 뛰어 놀 수 있는 것은 아빠나 엄마의 사랑 때문만은 아니란다. 먼저 너희가 건강하기 때문에 할 수 있는 것이지.

'편식하지 말고 김치도 먹고 마늘도 먹어라', '운동을 열심히 해라', '몸을 다치게 할 수도 있는 위험한 장난은 하지 말아라' 등등 너희가 매일 같이 엄마 아빠나 선생님으로부터 듣는 말은 하나같이 너희의 건강을 위해서 하는 말이란다.

너희가 건강해야 학교 공부에도 열중할 수 있고 친구들과도 맘껏 뛰어 놀 수 있는 게 아니겠니.

건강도 공부처럼 그만큼 스스로 노력을 해야 한단다. 특히 한참 자라나는 너희 같은 젊은이들에게는 건강을 지키려는 노력이 매우 중요하단다. 사람의 신체적 성장은 어

느 한계에 달하면 성장을 멈추게 된단다. 보통 사람은 20대 중반 정도까지만 성장을 하게 되므로 지금부터 건강한 사람으로 성장할 수 있도록 스스로 노력하는 것이 매우 중요하단다. 규칙적이고 올바른 생활습관을 기르고 식사를 제때에 하는 것은 건강을 위한 기본이란다.

 이것만은 꼭 지키자

- 1. 편식을 하지 않는다.
- 2. 식사시간을 지킨다.
- 3. 일주일에 3~4회 규칙적인 운동을 한다.
- 4. 청결을 유지한다.
- 5. 충분한 수면을 취한다. (7~9시간)
- 6. 스트레스를 줄여야 한다. (고민은 가능한 한 빨리 해결한다)
- 7. 불량식품은 먹지 않는다. (인스턴트 음식도 가능한 한 먹지 않는다)

15 어른을 공경하라

우리 나라는 예로부터 동방예의지국이라고 불리는 나라란다. 외국인들로부터 이런 말을 듣는 것은 우리가 윗사람을 공경하고 부모님께 효도하는 것을 아름답고 소중한 일로 여기며 실천해 왔기 때문이지.

너희는 할아버지 할머니가 집에 오시면 인사도 잘하고 심부름도 잘 하더구나. 또 이웃집 아주머니나 아저씨들에

게도 인사를 잘 하고 있지. 음식을 먹을 때는 엄마 아빠 "맛있게 드세요." 하며 먼저 주기도 하지. 너희의 이런 모습이 바로 어른을 잘 공경하는 모습이란다.

길을 지나다가 잘 아는 이웃 어른을 보았는데도 모른 척하고 그냥 지나간다거나 허리가 굽은 할아버지를 보고 '꼬부랑 할아버지' 라고 수군댄다면 그것은 예의에 어긋나는 일이고 어른을 공경할 줄 모르는 것이지.

얘들아! 사람는 누구나 아기에서 어린이, 청소년, 청년, 중년, 노년의 시기를 거치면서 자신에게 주어진 인생을 살게 된단다. 그러니 누구든 언젠가는 나이가 들어 노인이 되는 거야. 이 말은 다시 말해 언젠가는 너희도 어른이 되어 너희 자식들이나 주변의 아랫사람들로부터 인사를 받게 될 거란 말이란다.

그러니 어른을 공경하지 않는 사람들은 자신이 어른이 되었을 때 아랫사람들로부터 어른 대접을 받지 못하게 될 것이고 길거리를 지나도 인사하는 사람이 없을 거야. 그렇게 된다면 얼마나 슬픈 외톨이 인생이 되겠니.

얘들아! 너희는 지금까지 해왔던 것처럼 늘 변함없이 어른들에게 인사 잘하고 말 잘듣는 모범적인 모습을 꼭 지켜다오.

우정은 돈으로도 살 수 없다

16

애들아! 너희에게는 가까이 지내는 친구가 몇이나 되니? 친구가 많은 것도 좋지만 너희가 마음을 다 열어놓고 말할 수 있는 특별한 친구가 반드시 필요하단다.

학교 생활을 하면서 더 많은 친구들이 너희들의 주변에는 있으며 그 중에서도 너희와 마음이 잘 맞는 친구들을 가까이 하게 될 것이다.

너희가 지금 가장 사랑하는 사람들은 우리 가족일 거야. 하지만 너희에게는 친구도 가족처럼 매우 소중한 사람이란다. 너희처럼 젊은 때에는 친구와 함께 있는 시간이 많은 편이지. 늘 함께 공부하고 함께 놀 수 있으니까. 또 친구는 너희의 마음을 가장 잘 이해해 줄 수 있는 사람이기도 하지. 가족들은 너희와 나이 차이가 나는데다 각자의 생활 공간에서 활동을 하게 되니 너희가 갖고 있는 생각들을 다 이해하기가 어려울 수도 있단다. 하지만 친구는 너희와 같은 또래인 만큼 너희의 생각과 비슷한 점이 많을 것이고 너희가 고민하는 것을 보다 쉽게 이해해 줄 수 있단다.

좋은 친구를 만나서 오랫동안 서로 정을 나누는 일, 그러니까 우정을 쌓아 가는 것은 아주 아름답고 소중한 일이란다. 친구가 없는 사람은 매우 슬픈 사람이란다. 자신이 힘들고 어려울 때 대화를 나누거나 도움을 받을 수 있는 친구가 단 한 명도 없다면 생활 자체가 즐겁게 느껴지지도 않고 늘 외톨이가 되어 쓸쓸한 처지에 놓이게 된단다.

친구를 사귈 때는 이런 점을 명심해야 한다. 공부를 잘하고 못하고 집안이 가난하고 부자이고는 염두에 두지 말아야 한단다. 좋은 친구는 너희의 마음을 가장 잘 이해해 주는 사람이고 늘 만나도 너희를 대하는 마음이 변함없는

사람이란다. 또 좋은 친구는 너희에게 좋은 말로 용기도 북돋워주고 박수도 쳐주지만 너희가 잘못된 생각을 갖거나 잘못된 행동을 했을 때는 반드시 잘못된 점을 지적해 줄 수 있는 사람이지. 너희 곁에 이런 친구가 있는지 생각해 봐. 만일 이런 진정한 친구가 없다면 좋은 친구를 사귀려는 노력을 해야 되지 않겠니.

 이렇게해보자

●● 1. 친구와 대화를 자주 나눈다. - 학교 생활, 공부, 꿈 등 좋은 내용의 대화는 서로에게 좋은 영향을 준다.

●● 2. 친구가 어려울 때는 도움이 되고자 노력해야 한다. - 친구에게는 조건 없이 도울 수 있는 만큼 도와야 한다. 언젠가는 그 친구로부터 더 큰 도움을 받을 수도 있다.

●● 3. 친구가 자신의 생각이나 행동에 대해 잘못된 점을 뉘우치지 않고 있다면 바른 생각과 행동을 할 수 있도록 조언해 줘야 한다. - 친구이기 때문에 잘못된 점까지 감싸주기만 하면 친구가 나쁜 사람이 되게 하는 공범자나 다름없다.

●● 4. 고민은 털어놓는다. - 친구는 가장 편안하게 고민을 들어줄 수 있는 사람이다.

●● 5. 돈은 빌려주지도 말고 빌리지도 말아라. - 친구 사이에 돈이 오고가다 보면 우정에 금이 가는 일이 생기기 쉽단다.

●● 6. 친구에게도 말을 조심해라. - 친하다는 이유만으로 말을 쉽게 던질 경우 친구는 오히려 상처를 받을 수도 있단다. 가까운 친구일수록 서로가 예의를 갖추려는 노력이 필요하다.

남의 말에 귀기울일 줄 알아야 한다

"○○는 정말이지 독불장군(獨不將軍)이야. 자기 혼자만 잘 났다는 거지."

언젠가 한번쯤은 어른들이 이렇게 말하는 것을 들었을 거야. 독불장군이란 남의 말은 듣지 않고 자기 생각만 옳다고 생각한 나머지 모든 일을 혼자서 처리하는 사람을 말한

단다. 늘 이렇게 행동하는 사람은 언젠가는 자기 착각에 빠져 큰 실수를 저지르게 되며 그 정도가 심하면 사람들로부터 외면당하는 외톨이가 될 수도 있단다.

애들아! 현명하고 지혜로운 사람은 남의 말에 귀기울일 줄 아는 사람이란다. 아무리 많이 배우고 똑똑한 사람일지라도 한 사람의 생각이 두 사람의 생각보다 나으라는 법은 없단다. 또 자신보다 나이가 어리고 배움이 부족한 사람일지라도 때로는 자신보다 더 나은 생각을 할 수도 있단다.

어른이든 아이든 자기 생각이나 의견만 강조하고 주장하는 것은 가능한 한 하지 말아야 해. 자기 입장만, 자기 생각만, 자기 말만 소중히 여기고 옳다고 믿는 사람일수록 상대를 무시하거나 거만한 경우가 많단다.

애들아! 너희는 친구든 동생이든 상대가 하는 말을 귀담아 들거라. 먼저 상대방의 의견을 들어 본 후 어떤 결정을 내리거나 자신의 생각을 말한다면 실수하는 일도 없고 자기 고집만 내세우는 사람이라는 비난을 받지도 않는단다.

18 늘 밝은 얼굴을 유지해라

우리 속담에는 이런 말이 있단다.

'웃으면 복이 온다'

물론 웃을 때마다 행운이 주어지는 것은 아니지만 늘 밝게 미소를 띤 얼굴을 한다면 그것은 아주 좋은 일이란다.

늘 즐겁고 좋은 일만 있다면 정말 행복하겠지만 사람은

누구나 많은 일과 생각을 하면서 살아야 하기 때문에 그것은 어려운 일이란다. 그 때문에 사람들은 어떤 날은 즐거운 일로 날아갈 듯한 기분이었다가도 또 어떤 날은 슬픈 일이나 고민거리가 생겨 마음이 우울해지기도 한단다.

너희도 마찬가지일 거야. 친구들과 재미있게 놀 때는 웃음이 저절로 나오기도 하고, 엄마 아빠에게 칭찬을 받을 때는 마음이 편하고 즐거워서 얼굴에 미소가 저절로 생겨나지. 하지만 잘못을 하여 어른들께 꾸지람을 들었거나 어떤 일이 너희들의 뜻대로 되지 않을 때는 말하기도 싫어지고 얼굴에서는 웃음이 사라지곤 할 거야. 그러니 너무 가난해서 늘 돈 걱정을 해야 하는 사람들이나 가족 중 환자가 있는 사람이라면 마음이 가라앉아 다른 사람들에게 늘 우울하고 어둡게 비춰지기도 하지. 하지만 나 자신이 힘들다고 해서 찡그린 표정을 짓는다면 나를 보는 많은 사람들의 기분도 좋진 않을 거야.

이와는 반대로 힘이 들고 어려운 상황에 처해 있어도 늘 얼굴에 미소를 잃지 않고 밝게 살아가는 사람들도 적지 않단다. 우는 얼굴보다는 웃는 얼굴이 좋다는 것은 너희도 느낄 거야. 많이 웃고 밝은 표정을 지으면 자신의 건강도 좋아지고 마음도 즐거워지지. 어디 그뿐이겠니. 웃는 얼굴

을 바라보는 다른 사람들 또한 즐겁고 미소를 짓게 된단다.

　　얘들아! 때로는 화가 나고 슬프고 힘든 일이 있더라도 다른 사람을 대할 때는 늘 웃는 얼굴을 보여주도록 해라. 너희들의 웃는 얼굴로 인해 다른 사람들이 흐뭇하고 즐거울 수 있다면 너희는 스스로 행복해지는 비결을 아는 멋진 사람이 되는 거란다.

 인생의 지침이 되는 명언 한마디 - 8

＊ 얼굴이 좋은 것이 몸이 좋은 것보다 못하고, 몸이 좋은 것이 마음이 좋은 것보다 못하다.

　　　　　　　　　　　　　　　　　　　　　　　　　　　－ 백범 김구

용기 있는 사람만이
행운의 미소를 지을 수 있다

19 좋은 쪽으로 받아들이고 좋은 쪽으로 생각해라

성공한 사람들은 이런 말을 자주 하게 된단다.

"모든 것을 긍정적으로 받아들이는 긍정적인 사고가 성공을 불러왔다."

여기서 말하는 '긍정적'이라는 말은 쉽게 말하면 좋은 쪽으로 받아들이고 생각하는 것을 말한단다.

예를 들면 이런 거란다.

누군가가 너희들을 보고 웃었을 때 너희가 좋은 쪽으로 받아들이는 긍정적인 사고를 지닌다면 상대방의 웃음이 만나서 반갑다는 미소로 느끼게 된단다. 하지만 반대로 상대방의 웃음을 마치 너희를 무시한다거나 하찮게 여긴다는 뜻으로 받아들인다면 너희는 매우 불쾌하다는 생각을 갖게 되고 상대에게 도전적인 태도를 보이거나 기분이 나쁘다는 표정을 짓게 된단다. 좋게 받아들이기보다는 안 좋은 쪽으로 불편하게 여기는 것을 '부정적'이라고 하지.

또 다른 예를 들어보자. 너희가 중요한 시험을 앞두고 있다고 치자. 너희 스스로 "나는 이번 시험에서 좋은 성적을 거둘 수 있을 거야. 열심히 했으니까."라는 생각을 갖는다면 너희는 시험을 볼 때 마음이 편해서 너희들의 실력을 충분히 발휘하게 될 것이다. 이것이 바로 긍정적인 사고인 거지.

하지만 너희 스스로 생각하기를 "이번 시험은 어렵다고 하는데 과연 내 실력으로 좋은 성적을 거둘 수 있을까. 불안한데."라는 생각을 한다면 시험을 보는 내내 너희들의 마음은 편하지 못해 오히려 너의 실력을 맘껏 발휘하지 못할 수도 있단다. 시험 결과에 대한 부정적인 사고를 갖고

있었기 때문이지.

    우리는 살아가면서 많은 어려움에 부딪히게 되지만 그럴 때마다 잘 해결할 수 있다는 긍정적인 사고와 적극적인 노력으로 임하면 못할 것이 없단다.

 인생의 지침이 되는 명언 한마디 - 9

* 행복으로 이르는 길에는 두 가지 간단한 원칙이 있다. 첫째, 나의 흥미를 끄는 것이 무엇인지, 내가 가장 잘 할 수 있는 것이 무엇인지 찾아내는 것이다. 둘째는 거기에 나의 모든 것을 쏟아붓는 것이다. 내가 가진 힘과 소망과 능력을 모두 다.

                                        - 존 록펠러 3세

잘못된 습관은 고치려고 노력해라

밥을 먹고 난 후에 물을 마시면서 소리를 낸다.

외출했다 돌아오면 가방을 거실에 던져놓고 나간다.

엄마가 말씀하실 때 '응!' 이라고 대답한다.

코를 풀 때 아무 데서나 소리내어 푼다.

게임을 하지 않으면 밥을 먹지 않은 것처럼 허전하다.

100원짜리 동전 정도는 크게 신경 쓰지 않는다.

화가 났을 때 동생이 귀찮게 하면 머리를 쥐어박곤 한다.

애들아!

혹시 앞의 내용 중 어느 한 가지라도 너희들에게 해당되는 것이 있는지. 있다면 그것은 매우 좋지 않은 습관이란다.

우리는 생활하면서 대수롭지 않게 여기고 지나치는 일이 적지 않단다. 어떤 행동이나 말을 함에 있어서 자신은 그것이 잘못된 것이라고 생각하지 않기 때문에 똑같은 행동이나 말을 반복하게 되는 거야. 하지만 누군가가 이런 습관은 잘못된 거라고 지적을 해주거나 자기 스스로 잘못된 습관이라고 느꼈을 때는 서둘러 고치려는 노력을 해야 한단다.

습관이란 아주 무서운 것이지. 그렇기 때문에 이런 속담도 있지 않니.

"세 살 버릇 여든까지 간다"는 말.

누구에게나 아주 오랫동안 스스로 길들여진 습관이 있단다. 단, 그 습관이 좋지 않은 것이라면 그것을 인정하고 고치려는 노력을 하는 것은 매우 당연한 일이고 더 나은 내일을 위한 준비가 되기도 하지.

21 누구에게 의지하려고 하지 말아라

애들아! 너희는 혹시 너희 스스로 할 수 있는 일인데도 엄마나 아빠 또는 누나, 형, 오빠, 언니에게 도움을 요청한 적은 없니? 또 조금 힘들고 어렵다고 해서 "나는 할 수 없어."라며 포기한 적은 없니?

이 세상에는 너희 스스로의 힘으로는 할 수 없는 일들이

나 설령 노력하더라도 무리가 따르는 일이 적지 않는 게 사실이란다.

하지만 너희들 스스로 충분히 해낼 수 있는데도 조금 힘들다고, 조금 어렵다고 해서 늘 누군가에게 도움을 요청하거나 포기한다면 그것은 좋지 않은 것이란다. 다시 말해 그것은 너희 스스로 능력을 발휘하지 않는 것이고 너희 스스로 자신감을 잃는 것이란다.

너희들에게 주어진 일은 우선 스스로 해결하려고 최선의 노력을 기울여야 된다. 그런데도 불구하고 좀처럼 해결되지 않는다면 그때는 친구들이나 엄마 아빠에게 도움을 요청해도 좋단다.

어렸을 때부터 늘 누군가가 자신을 도와줄 것이라고 생각하면서 의지하는 습관을 갖는다면 어른이 되어서도 자신의 문제를 스스로 해결하려 들지 않고 가족이나 주변사람들에게 도움만 받으려고 한단다. 그렇게 된다면 세상을 살아가기가 무척이나 힘들어지고 주변사람들로부터 능력 없고 의지력 없는 나약한 사람이라는 꼬리표를 달게 되지. 그렇게 된다면 정말이지 슬픈 일이 아니겠니?

금전출납부를 쓰도록 해라

청소년기에는 갑자기 용돈이 생기면 돼지저금통에 돈을 넣거나 아니면 군것질을 하기도 하고 또 평소 갖고 싶었던 게임기를 사기도 하지. 어떤 이들은 친척들이나 부모에게 용돈을 받으면 곧장 은행에 맡기기도 할 거야.

용돈이 생기면 군것질이나 오락실에서 게임을 하는데

사용하기보다는 저금을 하는 것이 좋겠지. 하지만 이보다 더 중요한 것은 돈을 얼마나 받았고 그 돈을 어디에 사용했는가를 정확히 기록하고 남는 돈을 잘 관리하는 방법이란다.

돈이란 어린이나 어른이나 마찬가지로 쓰면 사라지는 것이기에 있어도 관리를 잘못하면 없는 것만 못한 것이지.

지금 너희가 받는 용돈은 그리 많지 않기 때문에 돈으로 인해 너희가 많은 고민을 할 일은 없단다. 다만 돈은 어른이 되어서는 살아가는데 없어서는 안 되는 것이기에 너희 스스로 직접 벌어야 하고 번 돈을 잘 사용하고 관리할 줄도 알아야만 된단다. 어른이 되기 전에 돈 쓰는 법과 관리하는 방법을 배워두면 훌륭한 경제인이 될 수 있단다. 부자가 될 수 있는 첫 걸음을 배우는 거란다.

때문에 엄마 아빠는 너희가 금전출납부를 쓰는 것이 좋다고 생각한단다. 금전출납부를 작성하다 보면 너희가 너무 많이 지출한 부분에 대해서는 스스로 아껴야 한다는 생각도 갖게 하고 또 저축을 많이 했다면 스스로 뿌듯해 하게 될 거야

금전출납부는 아주 간단하단다. 언제 얼마의 수입이 생겼고 또 언제 얼마의 지출을 하여 현재 남은 돈은 얼마라는 사실이 한눈에 나타나도록 일정한 형식으로 작성하는

것이지.

　엄마가 쓰는 가계부를 본 적이 있을 거야. 금전출납부
는 가계부와 같은 것이란다. 엄마의 가계부는 조금 더 복잡
하고 돈의 규모가 클지는 몰라도 얼마를 사용하고 얼마를
저축했는지 또 어떤 부분에 많은 돈을 썼는지 등을 한눈에
알 수가 있다는 점에서는 똑같은 거란다.

● 용기있는 사람만이 행운의 미소를 지을 수 있다

 인생의 지침이 되는 명언 한마디 - 10

＊ 사람의 가치를 직접 나타내는 것은 재산도 아니고 그의 행적도 아니며 그 사람됨
이다.

－ H. F. 아미엘

㉓ 세상을 넓게 보아라

애들아 ! 언젠가 한번쯤은 지구본을 본 적이 있을 거다.
엄마 아빠는 너희가 지구본을 자주 보길 바란단다. 지구본
을 보면 세계 각국의 수도와 나라들의 위치를 잘 알 수 있을
테지만 지구본을 자주 보았으면 하는 더 큰 이유는 다른 데
있단다. 그것은 지구본을 보면서 세상이 매우 넓다는 것을

너희가 느꼈으면 하는 마음이란다.

너희는 아마도 지금 우리가 살고 있는 이 도시나 우리나라의 구석구석도 다 돌아보지 못했을 것이다. 지금 너희가 보기에는 다른 나라들에 비해 비교적 작은 땅을 갖고 있는 우리 나라마저도 넓게만 느껴질 것이다. 하지만 이 세상 전체를 생각한다면 우리 나라는 아주 작은 일부분이란다.

옛날에는 교통과 통신이 발달되지 않아 국가와 국가간의 왕래가 적었고 사람들은 대부분 모든 것을 스스로 해결하는, 이를테면 자급자족을 하며 살았단다. 하지만 지금 21세기는 비행기나 배로 얼마든지 먼 나라를 오갈 수 있고, 통신의 발달로 전화는 물론이고 인터넷을 이용한 채팅, 그리고 서로 얼굴을 마주보며 대화를 나누는 화상통신까지 가능한 시대가 되었단다. 특히 서울에서 아침을 먹고 비행기를 타면 일본이나 중국에서 점심을 먹게 될 만큼 아주 가까이에 있고 미국, 영국, 러시아, 칠레 등 멀리 떨어져 있는 국가들과도 서로 수입과 수출을 통해 각자에게 필요한 것들을 얻고 있는 중이지.

지금 지구촌은 하나라고 할 만큼 국가와 국가의 간격은 좁혀지고 있단다. 너희가 열심히 공부하고 노력한다면 외국에 나가서 국제변호사로 활동을 할 수도 있고 세계적인

예술가로서 활동을 자유롭게 할 수도 있단다. 앞으로 지구촌 사람들의 왕래는 더욱 많아지고 쉬워질 것 같구나.

애들아! 너희는 세상을 넓게 보되 늘 너희와 가까이 있다고 생각하거라. 이런 생각을 갖는다면 너희들의 포부와 꿈은 더욱 넓은 곳을 향해 펼쳐질 것이고 그로 인해 성공 또한 더 크게 이루어지지 않겠니.

 인생의 지침이 되는 명언 한마디 - 11

* 작은 물방울이 모이고 작은 모래알이 모이면, 바다가 되고 대지가 된다. 작은 친절한 행동, 작은 사랑의 말은 이 세상을 더 이상 찾을 수 없는 파라다이스로 만들어 놓고야 만다.

– 줄리안 카르니

24 남의 탓으로 돌리지 말아라

　어떤 사람들은 자신의 일이 잘 되지 않으면 남을 탓하기
도 한단다. 회사에서 받는 월급이 적다고 불평하는 사람들은
대부분 사장이 욕심이 많아서 월급을 적게 준다고 말하거나
회사가 작기 때문에 큰 돈을 못 벌어서 월급도 적게 받는다
고 말하기도 한단다. 그러나 이것은 잘못된 생각이란다.

애들아! 남을 탓하지 말아라. 세상을 탓하지도 말아라. 자기 자신이 최선을 다한 사람들은 남을 탓하거나 세상을 탓하지 않는단다. 최선을 다하면 그만큼 결과도 만족스럽기 때문에 불만을 갖거나 원망을 할 필요가 없는 것이지.

어떤 일이 잘못되었을 때 또는 불만족스러울 때 남을 탓하는 사람들은 자신을 뒤돌아볼 줄 모르는 사람들이지. 만일 너희가 학교를 마치고 집으로 오는 길에 친구와 장난을 치다가 가방 끈이 끊어졌다고 치자. 이때 너희가 "친구가 너무 세게 잡아 당겼기 때문에 끊어진 거예요. 제 잘못이 아니예요."라고 말한다면 이것이 바로 자기 문제를 남의 탓으로 돌리는 것이나 같은 거란다.

먼저 자신을 돌이켜보고 무엇을 잘못했는지 또는 문제가 발생하지 않도록 최선을 다했는지 생각해 보아야 한단다. 친구가 가방을 잡고 장난을 걸어왔을 때 너희가 그 장난에 동참하지 않았다면 가방 끈이 끊어지는 일은 없었을 거란다. 또 친구에게 가방은 끈이 약해서 끊어질 수도 있으니 하지 말라고 말했다면 마찬가지로 그런 일은 발생하지 않았을 테니까.

모든 것을 남의 탓으로 돌리기를 좋아한다면 시간이 흐를수록 자기 착각에 빠져들게 되고 남을 배려하거나 이해

하는 마음도 줄어들게 된단다. 그러니 애들아! 너희에게서 발생한 어려움이나 문제 등에 대해 "모든 게 내 탓이오"라고 생각하는 사람이 되어주길 바란단다.

 인생의 지침이 되는 명언 한마디 - 12

* 우정이란 천천히 자라는 식물과 같은 것이어서 명칭이 붙기 전에는 모든 어려움을 참고 견디어야만 한다.

― 워싱턴

25 약속은 반드시
지켜야 한다

    토요일 오후에는 친구와 함께 운동을 하기로 약속을 했
어. 그런데 TV를 보다보니 쇼프로가 너무 재미있는 거야.
게다가 날씨도 추운 것 같고 삼촌이 피자를 사주신다고 하
니 친구와 운동하기로 한 약속이 싫어지는 거야. 공원에는
다른 친구들도 있으니까 운동하다가 가겠지 라고 생각하고

약속을 지키지 않았다고 치자.

그날 오후 친구는 약속한 시간에 공원에 나와서 너를 마냥 기다렸어. 미리 아무런 연락도 받지 못했기 때문에 네가 나올 줄로만 믿고 있었던 거지.

이런 일이 발생했을 경우 입장이 바뀌었다고 생각한다면 너는 몹시 화가 났을 거야. 아무 얘기도 없이 일방적으로 약속을 져버렸으니 불쾌하다는 생각과 함께 그 후로는 친구를 믿지 않게 될 거야. 결국 두 사람은 서로의 믿음이 약해져 조금씩 멀어질 수도 있어.

하지만 너희가 약속을 지킬 수 없는 특별한 상황에 처했다고 생각하자. 이럴 때는 빨리 친구에게 연락을 하여 양해를 구하고 미안하다는 뜻을 전한다면 친구는 너희를 이해해 줄 거야.

얘들아! 엄마 아빠는 너희가 약속을 잘 지키는 사람이라고 믿고 있고 앞으로도 잘 지킬 것이라고 생각한단다.

약속을 잘 지키지 않는 사람들도 잘못된 습관을 갖고 있는 셈이지. 이런 습관이 반복되면 그 사람 주변의 사람들은 설령 그 사람이 반드시 지킬 각오를 한 약속마저도 "이번에도 저 사람은 똑같겠지 늘 그랬으니까."라고 생각하게 된단다.

약속은 믿음이란다. 믿음은 사람과 사람 사이의 가장 소중한 끈이고 사랑이란다. 또 약속은 다른 사람과의 약속도 중요하지만 자신과의 약속은 더욱 중요하단다. 스스로 어떻게 하겠다고 다짐과 약속을 했다면 반드시 지키려고 노력을 해야 한단다.

 인생의 지침이 되는 명언 한마디 – 13

* 화가 났을 때 자신에게 하루만 시간을 주십시오. 하루가 지난 뒤에도 화가 나면 화를 내십시오. 그것이 너그러운 사람이 되는 비결입니다.

– 데일 카네기

26 40년 후 계획표를 세워라

● 용기있는 사람만이 행운의 미소를 지을 수 있다

　꿈과 목표를 갖는 것은 매우 소중한 일이며 반드시 필요한 것이란다. 하지만 꿈을 갖고 목표를 정하고 그것을 위해 열심히 노력도 해야겠지만 먼저 장기적인 인생 계획을 세우고 노력을 기울이다면 그것은 꿈을 실현하는 데 보다

효과적이고 도중에 꿈을 포기하는 일이 생기지 않는단다.
그래서 말인데 얘들아!

너희는 40년 후 계획표를 세우는 것이 좋을 것 같구나.

이렇게 해보는 거야. 지금 너희가 청소년기이지. 그러
면 20세, 25세, 30세 순으로 5년씩 끊어서 너희가 61세가
될 때까지 어떤 모습으로 살아가고 있을 거라는 생각을 하
면서 계획을 세우는 거야.

만일 너의 꿈이 바이올린 연주가라면

20세 – ○○콩쿨대회 참가 / 음대 입학 / 외국 유학

25세 – 교향악단 입단

30세 – 아시아 5개국 순회 연주회

35세 – 음대 교수로 재직

40세 – 카네기홀 연주회

45세 – 세계 7개국 순회 연주회

50세 – 바이올린 스쿨 설립

너희가 이런 계획을 세워놓고 세계적인 바이올리니스
트가 되기 위해 노력한다면 차근차근 밟아 올라서야 할 목

표가 정확한 만큼 너의 꿈은 체계적이고 순조롭게 펼쳐질 것이란다.

막연히 꿈만 갖고 걷는 것보다는 계획을 세우고 그에 맞춰 노력하는 것이 매우 현명한 일이라는 것을 명심해 주면 좋겠구나.

● 용기있는 사람만이 행운의 미소를 지을 수 있다

 인생의 지침이 되는 명언 한마디 - 14

＊ 사람은 40일을 먹지 않고도 살 수 있고, 3일 동안 물을 마시지 않고도 살 수 있으며, 8분 동안 숨을 쉬지 않고도 살 수 있다고 한다. 그러나 희망 없이는 단 2초도 살 수 없다.

— 스위팅

27 메모하는 습관을 가져라

　　문자로 기록하는 습관을 갖는 것은 매우 좋은 일이란
다. 내일 학교에 가져갈 준비물, 책을 읽고 깊은 감명을 받
았던 위인들의 명언, 앞으로 일주일간 반드시 해야 할 일
등을 수첩에 적어놓는 것을 메모라고 한다.

메모가 중요한 이유는 단 한 가지. 해야 할 일과 준비해야 할 것, 그리고 잊지 말아야 할 이름이나 전화번호 등을 메모해두면 결코 잊지 않는다는 것이지.

학생이라면 학교에서 공부를 하고 돌아와 학원에 다녀오고 엄마 심부름을 하고 숙제를 하다 보면 친구에게 책을 빌려주기로 했던 약속이나 저녁을 먹고 약을 먹는 것 또는 다음날 학교에 가져가야 할 준비물을 챙기는 일 등을 깜박 잊고 지나갈 때가 있단다.

아이들만 잊어버리는 것은 아니란다. 어른들도 마찬가지로 일이 정신없이 바쁘다 보면 며칠 전에 한 친구들과의 약속이나 낮 시간에 은행에 다녀와야 했던 일을 잊는 경우가 종종 있지.

사람들 중에는 자신의 기억력이 좋다는 것만 믿고 메모를 하지 않는 사람들이 있단다. 하지만 누구든 자신의 기억력을 100% 믿을 수는 없단다. 원숭이도 나무에서 떨어질 때가 있다는 말처럼 기억력이 아무리 좋고 지능지수가 아무리 높다 할지라도 자신도 모르는 사이에 중요한 일을 잊고 넘어가는 경우가 있지.

사람은 한번 입력해 두면 지워지지 않는 컴퓨터와는 다르단다. 하는 일이 바쁜 사람일수록, 고민이나 걱정거리가

많은 사람일수록 꼭 기억해야 할 것들을 잊는 경우가 흔하 단다.

　애들아! 너희는 메모하는 습관을 갖고 있니. 단지 학교 준비물이나 숙제 정도만 메모를 하는 것은 아닌지 모르겠구나. 메모는 너희가 기억해 두어야 할 것이라면 무엇이든 좋단다. 메모하는 습관을 갖는 것은 그만큼 너희가 기억해야 할 많은 것들을 잊지 않게 되는 일이니 너희들의 생활에 큰 도움이 된단다. 이것은 어른이 되어서도 마찬가지란다.

 인생의 지침이 되는 명언 한마디 - 15

✳ 하루 15분 정도의 알찬 활용이 삶의 명암을 갈라놓는다.

- 새뮤얼 스마일스

28 자신이 한 말에 책임을 져야 한다

용기있는 사람만이 행운의 미소를 지을 수 있다

말은 우리가 매일 먹는 밥과 마찬가지로 매우 중요한 역할을 한단다. 자신의 생각과 의지를 표현하는 수단인 동시에 사람들과 보다 가까워질 수 있는 다리 역할을 하지.

우리 깨어 있는 동안 사람들을 만나면 반드시 필요한

것이 말이란다. 친하든 친하지 않든 누구에게나 말을 할 때는 신중을 기하는 습관이 필요하단다. 말은 입에서 나오는 순간 엎질러진 물처럼 다시 주워 담을 수 없는 것이기에 자기 편한 대로 함부로 말한다거나 사실이 아닌 거짓을 말하는 것은 매우 좋지 않은 일이며 때로는 큰 화를 불러올 수도 있단다. 그렇게 때문에 누구든지 자신이 한 말에 대해서는 스스로 책임을 져야 하는 거란다.

이런 일도 있을 수 있단다. 교실에서 철이라는 친구가 돈을 잃어버렸어. 그날은 체육시간 있었는데 그때 길수라는 아이가 몸이 아파서 교실에 있었지. 그 때문에 반장인 형식이는 길수가 돈을 훔쳐갔다고 선생님에게 말한 거야. 하지만 나중에 조사를 했더니 돈은 누군가 훔쳐간 것이 아니고 화장실에서 옷을 추스릴 때 바닥에 떨어뜨렸던 거지. 이런 경우 형식이는 정확한 사실도 모르고 함부로 말을 한 셈이야. 돈을 화장실에서 찾을 때까지 길수라는 아이가 도둑으로 몰리면서 받은 상처를 형식이가 어떻게 씻어줄 수가 있겠니. "미안하다"는 말 한 마디로는 결코 그 상처가 쉽게 사라지지 않을 거란다.

말은 깃털과 같아서 하나의 깃털이 바람에 날려 수많은 깃털로 변한단다. 입을 떠난 순간 한 마디 말이지만 이 사람 저 사람 건네지면서 다시 주워담을 수 없을 정도로 뜻이 달라지곤 한단다.

옛말에 "말 한 마디에 천냥 빚을 갚는다"는 속담이 있단다. 어느 한 순간을 넘기기 위해 생각 없이 하는 말은 거짓말이나 위선으로 보여지지만 진심에서 우러나오는 말 한 마디는 사람의 마음을 감동시킨다는 거야.

● 용기있는 사람만이 행운의 미소를 지을 수 있다

 이런 말은 하지 말자

●● 정확한 사실을 알지 못하는 것에 대한 대답
●● 상대에게 충격을 주거나 마음을 아프게 하는 말
●● 마음에는 없으면서 우선 당장 상대의 기분을 좋게 하기 위한 말
●● 상대가 믿을 수 없을 만큼 꾸며낸 말
●● 말은 그럴듯하게 해놓고서 실천하지 못하는 말
●● 앞으로 다가올 미래에 대해 단순한 예측으로 하는 말

29 겸손한 자세를 유지해라

애들아! 사람은 남보다 뛰어난 실력을 갖추는 것도 좋지만 그 못지 않게 다른 사람들 앞에서 겸손한 자세를 갖는 것도 매우 훌륭한 일이고 소중한 것이란다.

학교생활을 하다보면 친구들 중 누군가가 "○○는 잘난 척을 너무 많이 해서 싫어."라던가 "○○는 언제든지 자기가 최고인 줄로만 알아."라며 ○○을 비난하는 말을 종종 들었을 것이다.

사람은 돈이든 지식이든 그 외의 어떤 것이든 자신이 남보다 많이 갖고 있거나 뛰어나다고 해서 그렇지 못한 사람들 앞에서 우쭐대거나 자랑만 늘어놓는다면 상대는 매우 불쾌하게 생각하게 된단다. 공부를 잘 하거나 그림 실력이 뛰어나고 또는 노래를 잘한다 하더라도 자신을 너무 과시하거나 상대를 무시하는 듯한 말과 행동을 보인다면 그 사람은 어떤 한 가지에 뛰어난 사람일진 몰라도 인격적으로는 빵점짜리라는 비난의 소리를 피할 수가 없단다.

우리 옛 속담에는 이런 말이 있어.

"벼는 익을수록 고개를 숙인다"

이 말은 바로 겸손을 뜻한단다. 자신이 어떤 분야에서 최고이거나 자랑할 만큼 뛰어난 능력을 갖추고 있다면 자신만을 생각할 것이 아니라 그렇지 못한 상대의 입장에서도 생각을 할 줄 알아야 한단다. 상대의 입장을 생각하면 자신을 과시하거나 자랑하는 것은 겸손함이 없고 생각이 없는 행동이라는 것을 알게 되겠지.

얘들아! 겸손은 미덕이라는 말이 있단다. 너희가 겸손한 자세를 보일 때마다 마음이 아름다운 사람이 될 수 있단다.

30 선의의 경쟁을 해라

사람은 살아가는 동안 같은 나이, 같은 일, 같은 목적을 추구하는 다른 많은 사람들과 경쟁을 하며 살게 된단다. 너희가 학교에서 반 친구들과 똑같은 시험지를 받아들고 누구의 성적이 우수한지 평가를 받는 것, 학교의 육상대표를 선발하는 테스트에서 육상을 하고자 하는 많은 아이들이

달리기를 하는 것, 자신이 원하는 학교에 입학하기 위해 지원한 다른 아이들과 함께 시험을 치르게 되는 학생들의 입시시험 등등 너희에게는 앞으로 수많은 경쟁의 기회가 주어지게 된단다.

모든 경쟁에서 늘 최고가 된다면 좋은 일이겠지만 사람은 자신이 잘하는 것이 있기도 하고 그렇지 못한 부분도 있으니 경쟁에서 최고가 되는 것은 각자의 노력과 능력이 결정할 일이다. 다만 경쟁을 함에 있어서 너희가 꼭 알아야 할 세 가지가 있단다.

첫 번째는 어떤 것이든, 누구와 하든 너희 앞에 주어진 경쟁 무대에서 포기하지 말라는 것이다. 해보지도 않고 먼저 못한다고 물러난다면 다음 경쟁 역시 참여할 의욕이 줄어들게 되고 주변사람들로부터 나약하고 자신감 없는 사람이라는 소리를 듣게 된단다. 또 경쟁에서 이겨 더 나은 무대에 올라설 수 있는 기회를 잃게 되는 것이지. 그러니 잘하든 못하든 경쟁 앞에서 쉽게 포기하거나 도망칠 생각은 절대 해서는 안 된단다.

두 번째, 경쟁은 항상 선의의 경쟁을 해야 한다는 것이다. 좀 더 쉽게 말한다면 경쟁을 할 때는 항상 정정당당하게 경쟁을 해야 한다는 것이다. 예를 들면 체육대회날 100

미터 달리기에서 앞서가는 1등의 다리를 걸어서 넘어뜨린 후 1등을 한 사람이 있다면 그는 반칙을 사용했기에 진정한 1등이 될 수 없는 것이란다. 또 시험을 볼 때 선생님 몰래 책을 꺼내 답을 알아내서 최고의 점수를 받는 것 또한 부정한 방법을 사용했기에 최고로 인정받을 수는 없는 것이지.

그리고 마지막 한 가지는 결과에 집착하지 말고 다음 경쟁을 위한 준비를 해야 한다는 것이다. 경쟁에서 최고가 되지 못했다고 해서 크게 실망하거나 패배감에 빠져버린다면 다음 경쟁을 위한 노력을 기울일 시간도 그만큼 줄어들기 때문에 다음 경쟁에서도 최고가 될 수 없단다.

얘들아! 이렇게 해보지 않겠니. 만일 너희가 어떤 경쟁에서 승자가 되지 못했다 하더라도 다음 경쟁에서 승자가 되겠다는 각오와 함께 더 많은 노력을 기울이는 거야. 그리고 승자를 위해서 진심으로 축하를 해준다면 너희는 정말로 멋진 경쟁자가 될 것이다.

창의력을 키워라

두뇌가 우수한 사람은 지능지수, 즉 아이큐(IQ)가 높은 사람들이지. 지능지수가 높은 사람들은 그렇지 못한 사람들에 비해 기억력이 매우 뛰어나 영어 단어처럼 외워야 하는 공부는 물론이고 수학 문제를 푸는 능력도 좋은 편이란다. 그러나 지능지수는 자신의 노력보다는 유전적 영향도 있고 태어날 때부터 선천적으로 갖춰지는 편이어서 지능지수가 낮은 사람이 노력을 통해 지능지수를 크게 올린다는

것은 쉽지 않은 일이란다.

지능지수가 높으면 나쁠 건 없겠지만 중요한 것은 너희가 공부를 하고 세상을 살아가는데 있어서 지능지수는 단지 숫자에 불과하다는 것이다. 더 중요한 것은 노력이란다. 지능지수가 높아도 노력을 하지 않는 사람에게는 어떤 대가도 주어지지 않는단다.

하지만 너희가 앞으로 세상을 살아가는 동안 지능지수보다 더 중요한 것, 가장 중요한 것이 있다면 그것은 바로 창의력이란다.

창의력이란 새로운 생각이나 의견을 생각해 내는 능력을 말해. 이를테면 만들기 시간에 선생님이 찰흙으로 그릇을 만들어보라고 했다고 하자. 다른 아이들은 한결 같이 동그란 형태로 만들었는데 너는 마름모 형태의 그릇을 만든 거야. 이것이 바로 너희들의 창의력인 셈이지. 또 일기를 쓸 때 다른 친구들은 하루 일과 중 인상깊었던 일들을 기록하는 것으로 끝났지만 너희는 인상깊었던 일들을 쓴 후 맨 뒷부분에 그날 그날 선생님이나 엄마 아빠가 들려준 이야기 중에서 기록해 두면 좋을 문장을 하나씩 더 적어 놓았어. 그 문장들을 다시 기억하려는 의미도 있고 언젠가 다시 읽어보기 위해서지. 이것 또한 너희가 남다른 창의력을 갖

고 있다고 말할 수 있단다.

창의력은 새로운 생각을 통해 일이나 활동을 보다 효과적이고 편리하게 하는 변화를 가져올 수도 있고 지금까지는 없었던 새로운 어떤 것을 창조해 내거나 새로운 기술 발달을 이루기도 하지. 창의력이 풍부한 사람은 이런 다양한 변화와 창조를 이끌 수 있으니 창의력이야말로 얼마나 대단한 힘이겠니.

얘들아! 창의력은 어느 한순간에 그냥 생겨나는 것은 아니란다. 많은 것을 보고 읽고 느끼고 생각하고 실험하는 과정에서 그 힘이 길러지게 된단다.

● 용기있는 사람만이 행운의 미소를 지을 수 있다

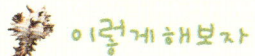

이렇게 해보자

- ●● 이야기책을 읽고 만일 내가 주인공이었다면 어떻게 했을까에 대해 생각해 보자.
- ●● 늘 반복적으로 하는 일들을 지금까지 해왔던 방법과는 다르게 해보자.
- ●● 폐품을 찾아내서 그것으로 우리 일상생활에 필요한 물건을 만들어보자.
- ●● 문화 예술 분야에서 성공한 사람들의 삶을 알아보고 모방할 수 있는 것은 모방하자.

32 너희들만의 개성을 키워라

애들아! 너희들의 개성은 무엇이라고 생각하니?

엄마 아빠가 본 너희의 개성은 색채 감각이 뛰어난 점

같더구나. 그림을 그릴 때도 밝고 강한 색을 많이 사용하고

옷을 입을 때도 늘 색상을 맞춰 입으려고 하는 것을 볼 때마

다 너희들의 색채 감각이 아주 훌륭하다는 생각을 한단다.
또 빨강이나 노랑색과 같은 밝고 강한 색의 옷을 좋아하는
데다 너희에게 썩 잘 어울리더구나.

이 세상 모든 사람들은 저마다 개성을 지니고 있단다.
어떤 사람은 개성이 뚜렷하게 한눈에 나타나는데 반해 또
어떤 사람은 개성이 없는 것 같아 보이지만, 그것은 개성이
강하고 약하고의 차이일 뿐 모든 사람들은 다른 사람들과
확실히 구별되는 개성을 갖고 있단다.

개성은 걸음걸이나 얼굴 표정에 나타나기도 하고, 취
미, 태도, 사고방식 등에서 발견되기도 한단다. 개성은 각
자의 특성이자 자질이기에 그것을 두고 좋고 나쁘다는 평
을 할 수는 없단다. 다만 개성이 좀 독특하고 강하면 그것
이 곧 그 사람만의 특별한 능력이 되어 직업적으로 성공을
하는데 영향을 미치기도 하지.

TV에 나오는 유명한 개그맨들이나 독특한 옷을 잘 입
고 멋을 낼 줄 아는 모델들은 그 대표적인 사람들일 거야.
자신의 개성을 한껏 살린 셈이지.

개성은 어떤 것이든 자신을 남들에게 쉽게 알릴 수 있
는 것이니 그 개성을 드러내지 않기보다는 밖으로 표출시
키는 것이 좋은 게 아닌가 싶구나. 단 자신의 개성이 표출

● 용기있는 사람만이 행운의 미소를 지을 수 있다

되었을 때 다른 이들에게 피해를 주거나 방해가 되어서는 안 되겠지만 말이다.

　　많은 사람들이 모인 공간에서 개성은 한결 빛난단다. 그런데 개성을 무조건 튀는 것이라고 착각하는 사람들도 있단다. 겉모습만 달라지는 개성은 얼마 못 가 남들 속에 파묻혀버린단다. 개성이 사라지는 것이지 자기만의 특성이 하나하나 쌓일 때 비로소 개성은 완성되는 거란다.

 인생의 지침이 되는 명언 한마디 - 16

＊ 흔히 우리를 슬프게 했던 것은 삶의 온갖 사건들 그 자체보다는, 그것들에 대한 우리의 반응이었다는 것을 우리는 잘 알고 있다.

- J. B. W.

늘 바른말을 사용하여라

우리말 한글을 세종대왕이 만들었다는 것은 너희들도
알고 있을 거야. 우리말은 말하고 들을 때 너희도 느끼겠지
만 세계 어느 나라 말과 비교해도 참으로 아름답고 훌륭한
언어란다.

말을 할 때는 표준어와 바른말을 사용하고 가급적이면

고운말을 많이 사용하는 게 좋단다. 그런데 요즘 청소년들 중에는 인터넷 문화의 영향을 받아 채팅이나 게시판에서 사용하는 줄임말 형태의 은어나 속어를 사용하는 아이들도 많더구나.

애들아! 너희도 바른말이 아닌 은어나 속어를 사용한 적 있니?

만일 지금도 가끔씩 사용한다면 하루빨리 바른말을 사용하려고 노력하여야 한단다. 말이란 습관이 되면 자신도 모르는 사이에 그 동안 사용했던 언어들이 불쑥 튀어나오는 특성이 있단다. 그러니 너희들은 예의바르게 말을 하려 했는데도 불구하고 무의식적으로 어른들이나 선생님 앞에서 바른말이 아닌 너희 친구들끼리만 통하는 말을 할 수도 있단다.

또 말이란 사람의 입을 통해서 나오는 것이고 다시 사람의 귀를 통해 듣게 되는 것이므로 한마디 한마디에 따라 듣는 이의 감정도 달라진단다. 때문에 바른말 고운말을 사용하여야만 듣는 이의 마음도 즐겁고 기분 좋단다.

이따금 은어나 속어를 쓰는 친구들을 보면 정확한 뜻도 모르면서 친구가 하니까 분위기에 휩쓸려 따라하는 모습을 보곤 한다. 그 속뜻을 알면 너희들 스스로도 사용해서는

안 된다는 것을 잘 알 거야.

　말이란 감정이 담겨 있는 것이고, 서로 주고 받게 되어 있단다. 바른말 고운말을 쓰면 상대방도 바른말 고운말을 쓸 것이고 너희가 거친 말을 쓰면 상대방도 거칠게 나오는 것은 당연한 거란다.

　특히 욕은 절대 해서는 안 된단다. 아무리 화가 나고 기분이 나쁜 일이 있어도 상대에게 욕을 하는 것은 삼가해야 한단다. 상대에게 욕을 하는 순간 자신의 입이 더러워지고 상대와 다를 바 없는 사람이 된단다.

 이렇게해보자

- ●● 1단계: 말을 하기 전에 어떻게 말 할 것인지 생각을 하고 말하자.
- ●● 2단계: 어떤 언어를 사용해야 상대가 더 이해하기 쉽고 기분이 좋은지 적절한 낱말을 떠올리자.
- ●● 3단계: 말할 때는 너무 빠르지도 느리지도 않은 속도로 발음은 정확하게 내자. 소리의 크기도 제3자에게 피해가 가지 않는 적당한 크기를 유지한다.
- ●● 4단계: 어느 한 단어를 지나치게 강하게 말하지 않도록 한다.

34 자신의 생각을 밝혀라

　　말을 너무 많이 하는 사람은 상대로부터 수다스럽다거나 자기 입장만 중요시 여긴다는 인상을 받게 한다. 하지만 말을 너무 아끼는 사람도 환영받지는 못하지. 지나치게 말을 많이 하는 것도 좋지 않지만 자신의 생각을 말로 표현하지 않고 혼자서만 가슴에 담고 있는 것도 좋은 것은 아니란다.

자신의 의견을 발표해야 할 때나 토론시간에 너희들의 생각이나 의견을 밝히지 못하고 머뭇거린 적은 없니?

가까운 사람이나 몇 명이 모인 자리에서는 자신의 생각을 잘 표현하다가도 여러 사람이 모인 장소나 토론장에서는 주변사람들을 의식한 나머지 자신 있게 다른 이들에게 자기 의견을 밝히지 못하는 경우가 종종 있단다.

학교에 다닐 때는 친구들이나 선생님 그리고 가족들이 자주 접하는 사람들이지만 사회에 나가면 다양한 사람들을 만나야 되고 그들과 대화를 통하여 어떤 결정을 해야 하는 일들이 많단다.

어디 그뿐인 줄 아니. 직장에서는 수시로 토론하는 시간을 갖게 되고 사람을 자주 접해야 하는 직업인 경우에는 사람들을 만나 대화를 나누는 것이 주된 일이 된단다. 그러니 말을 조리 있게 잘 하고 말로 상대를 설득시킬 수 있는 사람은 능력 있는 사람으로 인정받게 된단다.

사회생활만이 아니라 지금 너희가 생활하는 학교나 가정에서도 자신의 생각이나 의견을 솔직하게 밝히는 것은 매우 중요하단다. 아무리 좋은 생각을 갖고 있어도 말하지 않으면 아무런 소용이 없기 때문이지.

자신의 생각이나 말을 다른 사람에게 밝히는 능력은 갑

● 용기있는 사람만이 행운의 미소를 지을 수 있다

자기 길러지지 않는단다. 어렸을 때부터 친구나 주변 사람
들과 다양한 대화를 나누는 과정에서 겉으로 드러나지 않
게 조금씩 길러지는 것이란다.

 이렇게 해보자

- ●● 1단계: 부모님과 의논하여 주 1회 또는 월 1회 가족회의 시간을 갖는다.
- ●● 2단계: 회의시마다 어떤 내용을 토론할 것인지 주제가 정해지면 회의 전에 어떤
  말을 할 것인가 머릿속에 정리해 둔다.
- ●● 3단계: 자신의 생각이나 의견을 발표할 때는 먼저 말한 사람의 의견과 다를지라
  도 상대를 공격하거나 잘못됐다고 따져서는 안 된다. 자신의 의견을 정
  확하게 밝히는 것이 중요하다.
- ●● 4단계: 회의는 매회 진행자를 정하되 돌아가면서 맡는다. 회의를 이끌어가는 진
  행력이 길러진다.

성에 대해 궁금한 것은 엄마, 아빠에게 말해라

얘들아! 너희는 지금 한참 사춘기에 접어든 시기란다.

키가 쑥쑥 자라고 체중도 몰라보게 늘어났지. 그뿐만이 아

닐 거다. 어렸을때는 못 느꼈겠지만 청소년이 되면서부터

는 친구나 너희들의 몸에도 변화가 오게 되고 같은 반 친구들의 외모도 눈에 띄게 달라질 거야.

이런 신체적 변화라던가 남자와 여자의 신체적 특징 그리고 아기가 태어나게 되는 과정 등 성과 관련된 교육을 학교에서 받기도 하겠지.

하지만 여러 사람이 함께 교육을 받기 때문에 너희들 개인적으로 궁금하거나 이해가 되지 않는 점들도 있을 거란다.

얘들아! 성에 대해 궁금한 것이 있다면 언제든지 엄마 아빠에게 물어보아라. 너희들 스스로 또는 친구들과 함께 성에 대한 궁금증을 풀려면 많은 어려움이 따르고 자칫하면 문제가 발생하여 너희들의 입장이 난처해질 수도 있단다.

엄마 아빠는 너희와 똑같은 성장기를 지나 어른이 되었으므로 너희들이 궁금해 하는 것을 속 시원하게 알려줄 수 있는 훌륭한 선생님이란다.

특히 아들은 아빠에게, 딸은 엄마에게 물어본다면 너희들의 궁금증을 풀어줄 수 있단다.

성과 관련된 궁금증이기 때문에 부끄러워하거나 고민하지 말아라.

우리의 신체는 매우 소중한 것이며 성은 매우 아름다운

것이란다. 그러니 아름다운 것을 잘 관리하고 지키기 위해
서는 당연히 정확한 지식을 알고 있어야 되지 않겠니.

 이런 것이 궁금해요

●● 여자애들은 왜 가슴과 엉덩이가 커지나요?

●● 아기는 어떻게 만들어지나요?

●● 남자는 수염이 나고 여자는 왜 수염이 나지 않나요?

●● 생리란 무엇인가요?

●● 몸에 새로운 것이 생겼어요.

●● 사춘기는 무엇인가요.

●● 누나는 왜 브래지어를 하나요.

오늘은 지금부터의 인생에
있어서 첫 번째 날이다

36 자신감을 가져라

　　어떤 일을 하기 전에 먼저 가져야 할 마음가짐이 있다면 그것은 바로 자신감이란다. 자신감은 누구에게나 매우 중요한 것이며 자신감이 넘치면 자신이 갖고 있는 능력 이상의 힘을 발휘하게 된단다.

학교 시험에서 어려운 문제가 나오더라도 "나는 풀 수 있다."는 자신감이 있으면 문제는 너희가 생각했던 것보다 쉽게 풀 수 있을 거야. 친구들과 운동 경기를 할 때도 팀원 전원이 "우리는 이길 수 있다."며 화이팅을 외치면 그 순간 자신감이 생기면서 모두에게 새로운 힘이 생긴단다.

또 너희가 지금까지 해본 적이 없는 일 앞에서 "비록 처음이지만 나는 잘 할 수 있을 거야. 나는 늘 최선을 다하니까."라고 마음을 먹는다면 처음 도전하는 일일지라도 한결 쉽게 해낼 수 있단다.

자신감이란 이를테면 자기 스스로에게 힘을 불어넣어 주는 자기 최면술 같은 거야. 자신감을 갖게 되면 두려움이 없어지고 얼굴은 밝아진단다. 그리고 또 자신이 갖고 있는 힘보다 더 큰 힘이 생겨나기도 한단다.

자신감은 성공한 많은 사람들이 갖고 있는 공통점이기도 하지. 성공한 사람들의 대부분은 새로운 도전 앞에서 "나는 할 수 있다."라는 자신감을 갖고 뛰어들었기 때문에 성공할 수 있었다고 말하거든.

반대로 어떤 일이든 "나는 할 수 없어."라던가 "무서워서 나는 못할 것 같아."라는 걱정과 두려움을 갖는다면 실패할 확률이 많단다.

37 엄마와 함께 요리를 해라

　애들아! 엄마 아빠는 너희가 무뚝뚝하고 정이 없는 자녀이기보다는 부드러우면서도 강인함이 있고 또 인정이 많은 아들, 딸이 되길 바란단다. 또 학생이라서 요리를 잘 하지 못하지만 쉬운 요리는 스스로 하길 바란다.

너희가 라면 끓이기나 계란 프라이와 같은 간단한 요리
는 혼자서도 할 수 있겠지만 만두를 만든다든가 김치 담그
기, 된장찌개 끓이기 등의 조금은 손이 많이 가는 요리는
직접 할 수 없을 거야.

그렇다면 가끔씩은 엄마와 함께 요리를 하면서 음식 만
드는 법도 배우고 엄마와 대화도 나누면 좋겠다는 생각이
든다.

너희가 엄마를 도와 요리를 한다면 엄마는 아들, 딸을
무척 자랑스럽게 느껴질 거란다. 또 평소에는 숙제나 친구
들과의 놀이로 가족과 갖지 못했던 대화시간도 많이 갖게
되면, 가정이 화목해지고 서로에 대한 이해와 사랑도 깊어
질 것 같구나.

특히 요리란 만드는 이의 정성이 들어가야 제 맛을 내
므로 야채를 다듬고 물의 양을 조절하고 양념을 넣는 과정
을 통해 너희들은 새로운 것을 배울 수도 있단다.

정성을 쏟은 만큼 맛있는 요리가 나오듯 모든 일은 하
는 이의 노력과 정성만큼 좋은 결과를 낳는다는 것을 알게
될 거야.

얘들아! 가끔씩은 엄마 아빠에게 너희가 직접 만든 맛
있는 음식을 선물해 준다면 참으로 행복할 것 같구나. 아마

● 오늘은 지금부터의 인생에 있어서 첫 번째 날이다

너희가 어른이 되어 결혼을 한 후에 남편 또는 아내에게 직접 맛있는 요리를 만들어 준다면 상대는 매우 행복해 할 거란다.

 이렇게해보자

- 1단계: 한 달에 두 번 부모님과 함께 요리 하는 날을 정한다. 한 번은 엄마와 함께 아빠가 좋아하는 요리를, 또 한 번은 아빠와 함께 엄마가 좋아하는 요리를 만든다. 토요일이나 일요일 저녁을 준비하는 것도 좋다.
- 2단계: 요리에 필요한 재료를 메모장에 적고 엄마나 아빠와 함께 시장에 가서 구입한다. 시장을 구경하고 배우는 좋은 계기가 된다.
- 3단계: 요리가 다 된 후 식탁에 요리와 함께 엄마 또는 아빠에게 평소에 하고 싶었던 말이나 가족사랑이 넘쳐나는 짧은 글을 카드에 써서 올려놓는다.

**옷차림은
단정해야 한다**

남들이 보았을 때 옷을 멋지게 입고 다니면 보는 이들
의 시선이 즐겁고 자신도 만족스러운 일이지. 그래서인지
사람들은 옷차림에 많은 신경을 쓰는 편이고, 우리 옛말에
"옷이 얼굴이다"라든가 "옷이 날개다"는 말도 있단다. 옷차
림을 보면 그 사람이 어떤 사람인지 알 수 있으며 옷을 잘

입으면 그만큼 그 사람도 다르게 보인다는 얘기지.

　그런데 사람들 중에는 옷차림에 대해 뭔가 착각을 하는 이들도 있단다. 값비싼 유명브랜드 옷을 입어야 하고 남다르게 화려한 옷을 입어야만 멋지고 옷 잘입는 사람으로 인정받는다고 생각하는 거야. 하지만 그건 잘못된 생각이란다.

　옷은 비싼 옷을 입는 것보다는 질이 좋아 착용감이 좋으면서도 가격은 저렴한 것이 좋은 거란다. 또 옷은 자신이 하는 일이나 활동하는 장소 분위기에 맞게 입되 가급적이면 단정하게 입는 것이 바람직한 옷차림이란다.

　학교에서 공부하는 학생이 연예인들의 옷차림을 흉내내거나 집 안에서 청소를 하는데 외출할 때 입는 하얀 바지와 외투를 입고 있다면 장소나 하는 일에 전혀 어울리지 않는 복장이겠지.

　학교 가는 날에는 단정한 옷차림이, 방과 후 운동이나 산책할 때는 가벼운 체육복 차림이, 가족나들이를 갈 때는 밝지만 거추장스럽지 않은 차림이 각각 그 때와 장소에 어울리는 옷차림이란다.

　애들아! 또 한 가지 너희가 실천해야 할 것이 있구나. 옷은 입다 보면 해지거나 찢어지기도 하지. 너무 오래되어서 크기도 맞지 않고 많이 낡았다면 버려야겠지만 조금 유행이 지났다거나 어느 일부분이 찢어졌다고 해서 그 옷을 입지 않는다면 그것은 큰 낭비란다. 수선해서 입을 수 있는 옷이라면 엄마에게 말씀드려 다시 입을 수 있도록 하는 것이 돈도 아끼고 환경도 살리는 일이란다.

● 오늘은 지금부터의 인생에 있어서 첫 번째 날이다

 인생의 지침이 되는 명언 한마디 - 17

* 아무리 맑은 날에도 축축히 젖은 옷을 걸치고 있으면 불쾌하고 우울한 것이다.

— 메에테르링크

39 타협할 줄도 알아야 한다

여러 사람이 대화를 하거나 함께 작업을 할 때 남의 의
견은 무시하고 자신의 뜻만 내세우는 사람들이 있단다. 또
집안에서나 직장에서 자신의 생각이 절대적으로 옳기 때문
에 다른 사람의 생각쯤은 무시하는 사람들도 있단다. 이런

이기적인 행동을 하는 사람들을 무슨 일을 함께 해야 할 때 제대로 해내지 못한단다.

내 생각이 옳고 중요하다고 생각된다면 마찬가지로 다른 사람의 생각이나 의견도 일단 소중하게 받아들이는 자세는 매우 중요한 거란다. 때로는 너희들의 생각이나 말이 가장 옳고 현명한 경우도 있지만 반대로 다른 사람의 의견이 보다 현명하고 너희들의 생각이 부족할 때도 있는 거란다.

만일 상대의 주장이 현실적으로 합리적이고 옳게 보인다면 상대의 주장에 동조해 주고 박수를 보내야 한단다. 나와 생각이 다르다고 해서 다른 사람의 의견이나 주장을 무시하는 것은 '세상에서 내가 최고다' 라는 무모한 실수를 저지르는 것이지.

세상에는 수많은 사람들이 살고 있고 그 많은 사람들이 서로 이해하고 존중하는 가운데 아름다운 세상, 살기 좋은 세상이 펼쳐지는 거란다. 이를 위해서는 다른 사람들과 의견이나 생각이 맞지 않다고 부딪히기보다는 이해하거나 양보해야 할 것은 해야 한단다. 또 반드시 너희들의 주장이 필요한 것은 강조하되 상대의 생각을 적절히 받아들일 필요가 있단다. 이것이 바로 타협이고 서로를 위한 현명한 선택인 것이지.

40 아빠가 하는 일을 함께 체험해라

너희는 아빠의 직업은 알고 있지만 하루 일과를 어떻게 보내는지는 알지 못하지 않니? 아빠는 우리 가족들을 위해 일을 하는 가장이고 너희에게는 엄마와 마찬가지로 가장 가까운 사람이니 아빠가 어떤 일을 하는지 한번쯤은 아빠가 일하는 현장에서 체험학습 시간을 가졌으면 한다.

사람들은 자신의 일이나 활동에 바쁜 나머지 다른 사람의 일에 대해서는 무관심해진단다. 상대가 하는 일을 훤히 알고 있으면 상대가 무엇 때문에 힘들어하고 어떻게 해야 더 좋은 결과를 얻을 수 있는지 위로하고 조언해 줄 수도 있을 거야. 그렇다면 가까운 사람일수록 상대의 일을 한번쯤은 관심 깊게 살펴보는 것도 좋겠지.

그러니 너희가 친한 친구가 있다면 그 친구는 어디에서 어떻게 살고 방과 후 무엇을 하는지 한번쯤은 친구의 동의를 얻어 함께 가보는 것도 좋은 것이란다. 그런 일이 있은 후로는 너희들이 친구를 이해하는 마음의 폭도 넓어지고 친구를 더욱 아끼게 될 테니까.

참, 아빠가 어디서 어떻게 일을 하는지 꼭 한번 체험해보라고 했지. 예를 들면 아빠는 출판사에 나가서 책을 만들기 위한 기획안을 만들기도 하고 작가들이 써 온 글을 읽어보면서 매끄럽지 않은 문장이나 잘못 표기된 문장이 있으면 바르게 고치기도 한단다. 또 책에 넣을 글을 직접 쓰기도 하지. 이런 아빠의 일들을 너희가 출판사에 가서 직접 보고 도울 수 있는 것은 돕기도 하면서 아빠와 하루를 보낸다면 너희들은 아빠에 대해 지금과는 또 다른 생각을 하게 될 것이다. 여러 가지 생각을 하게 되고 아빠에 대한 입장

도 조금은 달라지겠지만 무엇보다도 너희들은 책 한 권을
만들기 위해서는 여러 과정을 거쳐야 하며 매우 신중을 기
해 일을 해야 한다는 것을 느끼게 될 것이며, 온종일 책상
에 앉아서 일을 해야 하는 아빠의 어려움도 이해하게 될 것
같구나. 또 너희들이 쓰는 용돈이나 학비가 아빠의 노력에
의해서 얻어지는 것이라는 사실을 좀더 현실감 있게 느끼
게 되겠지.

  아빠 역시 너희들의 학교생활과 선생님의 수고를 이해
하고 직접 느껴보기 위해 일일 교사라던가 참여수업이 있
으면 꼭 갈 생각이란다.

 인생의 지침이 되는 명언 한마디 - 18

* 재미삼아 어머니를 업었으나 그 가벼움에 눈물겨워서 세 발짝도 못 걸었네.
                                                    - 이시카와 다쿠보쿠

41 눈은 매우 소중한
신체의 일부란다

오늘은 지금부터의 인생에 있어서 첫 번째 날이다

　예전에 비해 요즘은 안경을 착용하는 사람들이 무척 많아졌단다.

　안경을 착용하는 대다수의 사람들은 시력이 나쁘기 때문에 안경을 쓰게 된단다. 앞에 걸어오는 사람이 누군지 구

분하지 못하고 칠판의 글씨가 흐릿하게 보인다면 시력이 매우 좋지 않은 것이지.

시력을 잃는 것은 세상을 잃는 것이나 다를 바가 없단다. 앞을 보지 못한 채 살아가야 한다고 생각해 보렴. 얼마나 슬픈 일이겠니.

우리 신체 모든 부분이 중요하지만 시력은 이런 이유에서 무엇보다 중요한 거란다.

안경을 쓰는 사람들이 많아진 데는 여러 가지 요인이 있을 거야.

책을 볼 때 너무 가까이 보아서 시력이 나빠진 사람들도 있을 테고 약물 치료나 몸 어딘가가 쇠약해져 시력이 떨어지는 일도 있겠지.

하지만 여러 요인 중에서도 우리가 가장 쉽게 영향을 받는 것은 바로 컴퓨터와 텔레비전이란다.

컴퓨터와 텔레비전은 다양한 색상의 화면이 등장하고 그 화면들이 움직이므로 너무 장시간 보았을 경우 눈에 피로를 안겨주지. 또 너무 가까이서 볼 경우에는 시력에 매우 좋지 않은 영향을 미친단다.

얘들아! 너희들은 아직은 안경을 착용할 정도로 눈이 나쁘진 않겠지?

그렇다면 지금의 시력을 잘 유지하기 위해서는 몇 가지 노력이 필요하단다.

첫째, 책을 읽을 때는 눈과 적당한 거리를 유지하는 것이다.

둘째, TV시청을 할 때는 1.5미터 이상 떨어져서 시청하되 한 시간 정도가 적당하단다.

셋째, 컴퓨터를 사용할 경우 30분 정도 사용하면 잠시 휴식시간을 갖고 다시 사용하도록 해라.

넷째, 컴퓨터 게임이나 전자 오락은 한 시간 이상 하지 않도록 한다.

 인생의 지침이 되는 명언 한마디 - 19

＊ 이상하게도 인생에서는, 최고의 노력을 투자하면 최고의 것을 얻을 수 있는 경우가 많다.

— 서머싯 몸

 존경하는
인물이 있어야 한다

　　안중근 의사와 유관순 누나, 이순신 장군 등은 훌륭한
분이시란다. 이분들은 나라를 위해 독립운동을 하고 왜적
의 침입에 대항하여 싸웠지. 훗날에는 목숨까지도 바쳤으
니 얼마나 아름다운 삶이니. 누구나 어렸을 적엔 이런 분들

을 본받아 나중에 훌륭한 사람이 되고 싶어 한단다.

너희들이 존경하는 인물은 누구인지 궁금하구나.

사람은 특히 어린 시절부터 자신이 존경하는 사람이 있는 것이 좋단다. 존경하는 사람들은 대부분 좋은 일, 착한 일, 위대한 일을 한 사람들로 그런 사람들을 존경하게 되면 자신도 역시 열심히 공부하고 자신의 분야에서 열심히 일하여 세상을 보다 아름답고 밝게 하며 나라를 위해 큰 일도 하게 된단다. 자신이 존경하는 인물처럼 후세들에게 좋은 본보기가 되고자 노력한다는 것은 얼마나 값진 일인지 모른단다.

물론 할머니, 할아버지, 엄마, 아빠, 선생님 등 너희들 주변의 가까운 어른들 중에도 너희가 존경하는 사람들은 많을 거야. 하지만 역사적으로 위대한 업적을 남긴 위인들이나 현재 살고 있을지라도 세상을 위해 큰 일을 해낸 사람들을 존경하는 것도 너희들에게는 아주 큰 마음의 재산이 된단다.

43 중요한 날은 잊지 말고 기억해라

　　사람들은 무척이나 바쁘게 살아간단다. 너희들도 학교
생활 방과 후 공부 친구들과의 놀이 등으로 나름대로 일과
가 바쁠 거란다. 사람은 바쁘게 생활하다 보면 잊지 말아야
할 것들을 순간순간 잊기도 한단다. 하지만 꼭 잊어서는 안
되는 것이 있단다. 우리 가족들에게는 매우 소중한 날이 많

이 있단다.

할아버지 할머니의 생신,

외할머니 외할아버지 생신,

우리 가족의 생일.

특별한 날을 잊지 않고 기억해 주는 가족이 있다는 것은 누구에게나 축복받을 일이고 가족간의 사랑을 더욱 아름답게 꽃피우는 일이 된단다.

특별한 날이라고 해서 반드시 많은 돈을 들여 음식을 준비하고 비싼 선물을 해야 되는 것은 아니란다. 그 날을 기억하고 진심으로 축하하거나 감사하는 마음을 갖는 것이 중요한 거란다. 물론 작은 것일지라도 선물을 준비한다면 받는 사람의 마음은 더욱 행복할 테지.

부모님 생신 때 용돈을 모아서 선물을 해 봐라. 엄마 아빠는 너무 행복해서 사람들을 만날 때마다 자랑하겠지.

"우리 애들이 용돈 모아서 제 생일선물로 준 거랍니다."라고.

너희들이 어른이 되면 아마도 기억해야 할 날들이 더 많을지도 모른단다. 그러니 꼭 기억해야 할 특별한 날들은 일기장이나 수첩에 꼭 적어두는 것이 좋을 것 같구나.

44 취미생활을 즐겨라

학교에 다니는 학생일지라도 하루 일과가 온통 공부로만 이어진다면 일과가 너무 단조롭고 지루하고 힘들게만 느껴지겠지. 엄마 아빠 같은 어른들 역시 매일같이 온종일 일만 한다면 마음도 몸도 쉽게 지치고 피곤함만 느끼게 된단다.

때문에 가끔은 엄마 아빠도 친구들과 대화를 나누기도 하고 여행을 가기도 하지. 하지만 일 외에 엄마 아빠가 가장 좋아하는 것은 책을 읽는 것과 집안의 화초를 가꾸는 일이란다. 이것이 바로 엄마 아빠의 취미생활이란다.

너희들은 어떤 취미생활을 갖고 있니?

몇 달 전까지만 해도 너희들은 인라인 스케이트를 타고 컴퓨터하는 것이 취미라고 했던 것 같구나. 아직도 변함이 없는 거니?

취미생활은 누구에게나 한두 가지씩 꼭 필요한 것이지. 사람들은 자신이 좋아하는 취미생활을 하면서 걱정거리나 고민거리를 떨쳐버리기도 하고 일이나 공부 때문에 쌓인 스트레스를 없애버리기도 한단다. 무엇보다도 자신이 좋아하는 것이기에 마음이 즐거워지고 또 누군가의 강요에 의한 것이 아니고 자율적인 것이기에 마음의 부담이 없어 좋단다. 취미생활이 좋은 이유는 또 있지. 반드시 어떤 결과를 얻어야만 되는 것이 아니며 경쟁에서 이겨야 하는 압박감 같은 것도 없으니까.

다만 그것으로 인해 몸이 상하거나 시간이나 돈을 많이 낭비하게 된다면 그것은 취미가 아니라 부담스러운 일이 되겠지. 취미생활은 자신의 생각이나 의지에 따라서 얼마

든지 바뀔 수 있단다. 중요한 것은 누구든 자신이 좋아하는 취미를 갖고 그것을 즐기는 것이 곧 자기 삶의 활력소가 된다는 것이란다.

이런 것은 어떻겠니

●● 매일같이 할 수 있는 취미 생활 : 독서, 애완동물 키우기, 글 쓰기, 화초 가꾸기, 인라인스케이트 타기, 자전거 달리기
●● 일 주일에 한 번씩 할 수 있는 취미 생활 : 좋은 영화 감상, 폐품을 이용한 생활용품 만들기, 도자기 만들기, 박물관 찾아다니기

45 우리 전통 음식을 즐겨 먹어라

오늘은 지금부터의 인생에 있어서 첫 번째 날이다

음식을 먹을 때는 편식을 하지 말라는 말을 자주 들었지? 고기를 좋아한다고 해서 야채는 먹지 않는다거나, 면을 좋아하기 때문에 밥보다 면을 더 즐겨 먹는다면 우리 몸이 필요로 하는 다양한 영양분 섭취가 불가능하단다. 결국에는 꼭 필요한 비타민 부족 현상이 일어나게 되어 건강이 나

빠지거나 비만 등의 문제가 생기게 되지. 특히 요즘 학생들이 좋아하는 패스트푸드나 인스턴트 음식은 가급적이면 피하는 것이 좋단다. 성장기의 학생들은 밥, 야채, 과일, 우유 등의 음식을 충분히 그리고 고루 먹는 것이 건강에 좋은 영향을 미치기 때문이야.

엄마 아빠는 너희들에게 우리의 음식인 한식을 즐겨 먹으라고 말하고 싶구나.

밥에 된장찌개, 김치, 콩나물, 갈비찜, 두부, 청국장, 동치미, 생선 등의 반찬을 먹는 우리의 한식은 서양음식이나 중국음식에 비해 몸에 좋으며, 비만이나 당뇨 등의 질병을 사전에 예방하는 아주 좋은 음식이란다.

특히 한식에 사용되는 재료들은 우리 나라에서 농부들이 직접 재배한 재료들이어서 쉽게 구할 수 있는데다 요즘은 농약이나 화학 비료 등을 사용하지 않은 친환경 농산물과 유기농산물이 많아져 건강에는 더없이 좋기 때문이야.

노래에도 이런 말이 있지 않니. "우리 몸엔 우리 것이 최고다"라고.

46 선물에 마음을 담아라

선물은 주는 사람은 뿌듯하고 받는 사람은 즐거움과 감사함을 느끼게 하는 사람과 사람 사이의 아주 좋은 매개체란다.

우리는 누군가에게 선물을 할 때 많은 고민을 하게 된단다.

어떤 선물을 해야 상대가 좋아할까?

가격은 어느 정도로 해야 부담도 되지 않고 상대에게 흉을 잡히지 않을까?

선물을 할 때 가급적이면 상대가 필요로 하는 것이나 현실적으로 도움이 될 수 있는 선물을 하는 것은 매우 현명한 방법이란다. 하지만 선물을 고를 때 지나치게 가격을 앞세운다면 그것은 서로에게 부담스러운 일이 된단다.

너무 비싼 선물을 했을 경우 받는 사람은 언젠가는 자신도 선물을 해야 하는데 그만한 돈이 없어 상응하는 선물을 할 수 없다는 것을 비참하게 생각하거나 과분한 선물에 부담스러워 하게 된단다.

너희들이 만약 생일선물로 친구에게서 값 비싼 지갑을 받았다고 치자. 너희들은 학생이기에 그런 선물에 부담을 느끼지 않을 수 없을 거란다. 마침 일기장이 필요했는데 그 친구가 고급 노트를 일기장으로 선물했다면 너희들은 매우 만족스러울 거야.

아이든 어른이든 선물을 할 때는 선물의 가격이나 크기에 집착해서는 안 될 일이다. 선물에는 마음이 들어가는 것이 무엇보다 중요하단다. 때문에 사람들 중에는 자신이 직접 만든 물건을 선물로 주는 이들도 있지. 대다수의 사람들은 그런 선물에 감동을 하게 된단다. 손으로 뜬 목도리 하나가 백화점에서 구입한 몇 십만 원 상당의 모피 목도리보다도 더 큰 감동을 줄 수 있는 선물이 아니겠니?

선물을 준비할 때는 이렇게 하자

1. 먼저 상대방에게 무엇이 필요한 지를 생각해 보자.
2. 직접 만들어 줄 수 있다면 시간을 들여서라도 만들어보자.
3. 만들 수 없는 것이라면 사서 주되 가격은 상대가 부담을 갖지 않는 선에서 결정해라.
4. 선물만 주는 것보다는 편지를 함께 넣어 주는 것이 더 감동적인 선물이 된다.

47 조국을 사랑해라

　어떤 사람들은 한국이 싫어 외국으로 이민을 가는 사람들도 있고 단지 교육제도가 마음에 들지 않는다는 이유로 조기유학을 가는 이들도 많단다. 개인적인 일이니 이래라 저래라 할 수는 없는 일이지. 사람마다 자기 목표나 이상이 다르기 때문에 이민이나 유학을 색안경 끼고 볼 필요는 없

단다. 다만 "나는 한국이 싫다."라든가 "우리 나라 정말 떠나고 싶어."라는 식의 감정적 발언을 하는 사람들을 볼 때마다 엄마 아빠는 가슴이 아프단다. 그리고 그들에게 이런 말을 해주고 싶었단다.

"당신이 당신의 조국을 비난하고 버린다면 당신은 국제 미아가 되는 일이니 생각을 바꿔야 되지 않겠습니까."라고.

만일 아빠나 엄마가 우리 가정을 사랑하지 않고 밖에서 맴돈다면 우리 가정은 위험한 시간을 가질 수밖에 없단다. 아빠가 일을 하지 않고 술만 마시고 놀거나 엄마가 너희들을 보살피지 않는다면 우리 가정은 정말 슬픈 일이 일어날 수밖에 없단다. 또 너희가 밖에서 "우리 식구들은 정말 이상해. 아빠 엄마 다 싫어 동생도 싫어."라고 말했다고 치자. 그것은 자기 얼굴에 침 뱉기일 뿐이고 다른 이들에게는 우리 가정이 정말 위험한 가정으로 알려지게 된단다.

이처럼 자신이 태어나고 자란 조국에 대해 이런저런 흠이나 잡고 싫어서 떠나는 이들이 많다면 그 나라는 다른 나라들에게 아주 힘없고 우스운 나라가 될 수밖에 없겠지. 그 정도가 심해지면 주인 없는 나라가 되고 말 거란다.

너희에게 있어서 조국이란 엄마나 아빠처럼 단 하나란다. 설령 어떤 문제나 마음에 들지 않는 그 무언가가 있다 하

오늘은 지금부터의 인생에 있어서 첫 번째 날이다

더라도 우리가 감싸고 우리가 사랑해야 되지 않겠니?

부모가 돌아가신 후에 효도를 다하지 못한 것을 후회할 필요는 없단다. 마찬가지로 조국을 잃었거나 조국이 후진국으로 전락한 다음에서야 "내 조국을 사랑했어야 했는데."라는 아쉬움을 갖는 일은 아주 바보 같은 일이란다.

얘들아! 우리는 사계절이 뚜렷한 나라, 역사가 오래된 나라 대한민국에서 태어났다는 것을 자랑스럽게 생각하자. 그리고 사랑하자.

 인생의 지침이 되는 명언 한마디 - 20

＊ 네가 이 세상에 태어났을 때, 너는 울고 네 주위의 모든 사람들은 기뻐했었다. 그런 삶을 살아라. 네가 이 세상을 떠날 때에도 그처럼 네 주위의 모든 사람이 울고 너만 미소지을 수 있는 삶을……

– 인디언 잠언

48 약자 편에 서라

세상 어디든지 항상 강자가 있으면 약자도 있는 법이지. 강자는 늘 힘의 논리로 약자를 지배하길 원하며 자신의 지위나 부를 쌓으려는 욕심을 갖는단다.

이런 경우 어떤 사람들은 강한 사람을 응원하며 그 주변에 남으려고 한단다. 강자의 편에 서서 조금이라도 자신

을 지키고 더 나아가서는 강자에게 아부나 아첨을 해가면서 덕을 보려는 속셈이 아닐까 싶다.

그러나 마음이 따뜻하고 남을 도울 줄 아는 사람은 약자의 편에 서게 된단다. 강자에게는 이미 많은 힘이 있으니 나약한 약자의 편에 서서 그를 돕고 감싸주려는 것이지.

자신보다 더 잘 살고 잘난 사람들을 막연히 추종하기보다는 그들에게서 잘나고 잘 살게 된 노하우를 알아내어 그들 못지않게 능력 있고 강한 힘을 지닌 사람이 되고자 노력할 필요가 있단다.

반대로 약자에게는 용기와 희망을 주어 그가 더 나은 삶을 살아갈 수 있도록 해야 된단다. 특히 신체적 장애를 가졌거나 투병생활을 하는 사람들, 가난한 사람들, 늙어서 힘없는 노인들 이런 사람들을 돕는 것은 매우 좋은 일이란다. 강자가 약자를 지배하기보다는 서로 돕고 함께 잘 잘 수 있는 그런 사회가 아름다운 사회이기 때문이지.

너희는 강한 사람과 약한 사람이 있을 때 누구를 응원해 주고 싶니. 너희들은 마음이 착하기 때문에 약한 이를 위해 도움을 주고 응원할 거야. 꼭 그럴 것이라고 믿는다.

49 형제들에게 잘해라

형제란 참으로 특별한 인연이란다. 한 부모에게서 태어나 같은 피를 이어받았기 때문이지.

또 형제라는 관계는 어렸을 때나 나이가 들었을 때나 변함없이 이어지는 특별한 관계이니 형제가 있다는 것은 참으로 축복 받은 일이란다.

여러 형제를 가졌다는 게 얼마나 힘이 되고 좋은지 모른단다. 요즘에야 자녀를 많이 갖지 않기에 둘 또는 셋인 가정이 많은 편이고 또 혼자라서 형제가 없는 이들도 많지.

형제는 부모가 자식에게 조건 없는 사랑을 주듯이 마찬가지로 서로에게 많은 사랑을 주는 사이가 되어야 아름다운 거란다. 그러니 형제가 있다는 것은 늘 서로에게 든든한 버팀목이 있는 것과 같아 외롭고 슬플 때나 즐거울 때에 함께 마음과 정을 나누며 살게 된단다.

이렇게 소중한 형제지만 어렸을 때는 형제의 소중함을 잘 모르기 때문에 때로는 서로 다투고 부모님의 사랑을 놓고 질투를 하는 일도 있단다. 가끔씩 형제끼리 말다툼을 하는 것을 보면 엄마 아빠는 결코 마음이 편하지 않단다. 서로 돕고 양보해야 하는 이 세상에서 가장 가까운 형제가 서로 미워하거나 때리고 싸운다면 그것은 매우 슬픈 일이 아니겠니. 엄마 아빠는 자식들이 사이좋게 지낸다는 소리를 들을 때 기분이 아주 좋단다.

아주 먼 훗날 아빠 엄마가 이 세상을 떠난다 해도 너희들은 서로를 챙겨주고 의지하면서 살아야 덜 외롭고 덜 힘들단다. 어떤 상황에서든, 어린이든 어른이든 혼자라는 사실은 외로움 그 자체란다.

세상에는 형제가 없는 사람들도 많단다. 너희 주변에도 동생이나 형 누나가 없는 친구들이 많을 거란다. 특히 그런 친구들에게 더 많은 애정과 관심을 가져준다면 그것은 매우 좋은 일이고 그 친구와의 우정도 더욱 깊을 것이란다.

 인생의 지침이 되는 명언 한마디 - 21

✳ 신이 왜 우리에게 두 손을 주었는지 압니까. 한 손으로는 받고 또 한 손으로는 줄 수 있도록 하기 위함입니다.

— 빌리 그레이엄

50 자기 자신을 가장 사랑해라

사람들 중에는 너무 겸손한 나머지 자기 자신을 지나치게 낮추는 사람들이 있다. 굳이 그럴 필요까지는 없는데도 스스로 겸손에 길들여지다보니 오히려 수동적이고 자신을 맘껏 드러내지 못한다. 그러나 더 큰 문제가 있는 사람이라면 바로 이런 사람들일 것이다. 지독하게도 자신을 싫어하는 이들이다. 그들은 보통 이런 말을 자주 쓴다.

"나 같은 놈 살아서 뭐해. 내가 생각하기에도 한심한데 남이 보면 오죽하겠어."

"내가 할 수 있는 거라곤 하나도 없어. 뭐 하나 제대로 할 줄 아는 것이 없다니까."

이런 사람들의 대다수는 모든 것에 자신감이 없다. 늘 자신은 부족하고 못났다고 생각하기 때문에 새로운 도전을 할 수 없고 경쟁심리 또한 없다. 이는 결국 자신 스스로를 더욱 도태시키는 결과만 만든다.

자신을 사랑한다는 것은 자기 입장만을 주장하고 자기 생각만 밀고 나가는 이기주의자와는 전혀 다른 사람이란 다. 자신을 사랑하는 사람은 스스로를 믿고 스스로에게 기대를 걸기 때문에 하루하루를 열심히 살게 되며 사랑하는 자신을 위해 아름다운 인생을 가꾸게 되지. 또 건강한 마음, 건강한 신체를 지키려는 노력도 기울이게 된단다. 더 나아가서는 자신을 사랑하는 만큼 남에게도 사랑을 베풀려고 노력하게 된단다.

세상에서 너희가 가장 사랑하는 사람은 바로 너희 자신이어야 한다. 너희 스스로를 사랑할 줄 알아야만 가족도 남도 사랑하게 된단다.

함께 만들어가는
세상은 아름답다

51 새로운 정보를 얻고자 노력해라

우리가 사는 세상은 놀라운 속도로 변해가고 있단다.

어제 구입한 컴퓨터와 내일 구입하는 컴퓨터의 성능이 놀랄

만큼 다를 정도로 21세기는 정보화 혁명으로 인해 빠른 변

화가 지속되고 있단다. 따라서 엄마 아빠는 너희가 새로운 정보를 빠르게 접하고 필요한 것은 잘 모아두라고 말하고 싶구나.

너희들은 학생이니 일단 학교 공부에 최선을 다해야겠지만 새로운 정보들을 접하는 것은 너희가 직업을 선택하고 미래를 설계하는데 많은 도움을 주는 것은 물론이고 집이나 학교, 바깥 세상에서 일어나고 있는 일들에 대해 알 수 있게 해준단다.

또한 지식으로 쌓아주는 정보가 아닐지라도 언젠가는 너희가 살아가는데 크고 작은 도움이 되어줄 것이다.

인터넷은 너희가 정보를 보다 쉽고 빠르게 접할 수 있도록 하는 정보 창고란다. 각종 신문에 나온 뉴스들과 각 분야별 정보와 지식을 찾아내는데 신속하고 비용이 들지 않으니 우리에게는 이제 없어서는 안 될 중요한 통신매체지.

하지만 인터넷을 이용할 때는 너희가 접해야 될 뉴스나 정보의 분야를 반드시 정해놓길 바란다.

학생들에게는 필요하지 않는 유해정보들도 너무 많기 때문에 엄마 아빠의 간섭을 받지 않으려면 너희 스스로가 인터넷 이용시 너희 스스로와 몇 가지 약속을 하는 것이 좋을 것 같구나.

그러기 위해서는 컴퓨터와 친해지더라도 주의할 점이 있단다. 너무 컴퓨터 앞에 오래 앉아 있으면 다른 일을 잘 하지 못하게 되는 컴퓨터 중독에 빠질 수도 있단다. 하지만 시간을 정해놓고 필요할 때 적절히 사용하면 사회 생활을 하는데도 많은 도움이 될 것이란다. 특히 유해 사이트가 많아서 너희를 유혹할 때가 많을테니 유해사이트를 차단하는 차단 장치를 해 놓아야 한단다. 그런 다음 너희들에게 도움되는 정보를 유익한 일에 사용하기 바란다.

 이렇게 해보자

- 1. 관심 분야를 정하자. 학교, 과학, 새 책, 건강 등 청소년에게 필요한 정보 분야를 주요 키워드로 삼는다.
- 2. 뉴스나 정보를 클릭하여 읽은 후 남겨두면 좋은 자료들은 폴더를 만들어 정리해둔다.
- 3. 하루 30분 정도면 새로운 정보를 접하는데 충분하니 가장 한가한 시간을 정해놓고 매일 또는 일주일에 3-4회 접하면 좋다.

52 빨래나 밥 짓기에 남녀 구분이란 없다

  세탁기가 있으니 세탁물은 벗어 놓기만 하면 된다고 생각하지 말아라. 또 빨래와 밥 짓기는 여자들만 하는 일이라는 편견은 절대 가져서는 안 된다.

  남자들 중에는 스스로 밥 짓고 빨래 하는 일을 여자들의 일, 엄마의 일로만 여기다가 군대를 다녀와서는 그제야

누구나 할 수 있어야 하는 일이라고 생각하는 이들이 적지 않단다.

세상은 100년 전 조선시대가 아니란다. 남자 여자라는 성의 잣대를 함부로 사용해서는 안 된단다. 남자든 여자든 독신 인구가 수없이 늘어나고 있고 기업에서는 여자만이 아니라 결혼한 남자들에게도 출산휴가를 주기로 했단다. 세상이 이렇게 변했는데 아직도 '남자는 여자가 하는 이런 일을 해서는 안 돼'라는 말을 하거나 생각을 갖는다면 그것은 시대에 뒤떨어지는 사람이라는 소리를 듣기 십상이지.

양말이나 손수건처럼 간단한 세탁물은 굳이 엄마의 힘을 빌리거나 세탁기에 의존하지 말고 너희가 직접 세탁을 해보는 것도 좋단다. 또 엄마가 계시지 않거나 몸이 불편할 때는 직접 밥을 지어보는 것도 매우 훌륭한 일이란다.

세탁이나 밥 짓기는 누구나 할 수 있는 일이며 누구든지 할 수 있어야 한단다. 자신이 입을 옷을 세탁하고 자신이 먹을 밥을 짓는 것은 아주 당연한 일이기도 하지. 캠핑을 가거나 집안에 엄마나 어른이 계시지 않을 때는 이런 것들을 손수 해보아야 훗날 혼자서 살거나 또는 여행을 할 때 큰 도움이 된단다.

나중에 엄마와 함께 시간적 여유가 있을 때 엄마로부터

밥 짓기와 손 빨래 하는 법을 배워보렴. 그것은 너희 자신
을 위해 아주 중요한 또 하나를 얻는 일이란다.

 인생의 지침이 되는 명언 한마디 - 22

＊ 감사하는 마음, 그것은 자기 아닌 다른 사람에게 보내는 감정이 아니라, 실은 자기
  자신의 평화를 위해서이다.

                                                          - 논어

53 악기 한 가지는 연주해라

아빠는 아직도 미련이 남아 있는 것 한가지가 있단다.
그것은 바로 악기 연주란다. 사람은 누구나 자신의 감정을
스스로 다스려야 한단다. 마음이 복잡할 때나 가슴이 허전
할 때 또는 화가 날 때 어른들은 술이나 담배 같은 건강에

이롭지 않은 것에 의존하곤 하지. 만일 악기를 연주할 줄 안다면 악기 연주를 통해 자신의 마음을 다스릴 수 있을 텐데 말이다. 때문에 엄마, 아빠는 학교에 다닐 때 한 가지 악기를 배워서 연주하고 싶었단다. 연주를 한다는 것은 취미 생활도 되고 마음을 다스릴 수도 있고 또 때로는 여러 사람들을 즐겁게 해줄 수도 있기 때문이지. 하지만 생각을 실천으로 옮기지 못해 아직도 악기 연주는 앞으로 배워야 할 것 중 한 가지로 남아 있단다.

시간이 흐르고 어른이 되다 보면 현실에 안주하는 생활을 할 때가 많단다. 그렇게 되면 악기를 배울 수 있는 기회를 갖는 것도 어렵게 되지. 그러니 너희는 이제부터라도 너희들이 좋아하는 악기 한 가지 정도는 배우는 것이 어떻겠니?

내가 못했으니 너희는 하라는 식의 대리 만족에서 하는 말은 결코 아니란다. 또 악기를 배워서 전문적인 프로 연주자가 되라는 것도 아니란다.

우리가 시간이 나면 독서를 즐기듯이 생활 속에서 악기 연주도 함께 즐기면서 살아간다면 너희들의 삶은 한결 더 풍요롭고 아름답지 않겠니?

54 환경 살리기에 앞장서야 한다

21세기 들어 인류의 최대 관심사는 바로 '환경'이란다.
우리가 살아가고 있는 이 지구는 단 하나뿐이지만 문명의
발전은 삶의 편리함을 얻는 대신 환경을 파괴시켜 왔단다.

뒤늦게서야 환경의 중요성을 느껴 '그린피스' 같은 세계적인 환경모임이 등장하고 각종 기구와 제도가 설립되는 등 세계는 지금 환경을 어떻게 잘 살려나갈 것인가에 주목하고 있단다.

너희가 매일 접하는 책과 노트를 비롯해 사람이 살아가는데 필요한 모든 것이 환경과 밀접한 관련을 맺고 있단다. 해마다 수천 수만 그루의 나무들이 종이를 만들기 위해 사라지고 거리를 활보하는 차가 하루에 없애버리는 기름양은 상상도 할수 없을 만큼 많단다. 지구의 자원은 언젠가는 고갈되고 말 것이며 환경을 보호하지 않으면 지구는 사람이 살 수 없는 공간으로 황폐해질지도 모른단다. 산성비가 내리고 빙하가 점점 사라지며 해수면의 온도가 높아지는 등 등의 이상 현상은 한결같이 환경을 제대로 관리하지 못한데서 비롯된 것이란다.

이제는 자식이나 후손들에게 재물을 남겨주기보다는 좋은 환경을 남겨주고자 노력을 하는 것이 얼마나 소중한 것인지를 많은 사람들이 느끼게 되었지.

과거 환경오염의 주범이었던 기업들이 최근 들어서는 자발적으로 환경운동에 앞장서고 있어. 환경을 고려하지 않은 제품은 소비자들로부터 외면당하기에 이르렀고 오폐

수를 버려서 수질오염을 시키는 기업들은 문을 닫을 수밖에 없기 때문이란다. 어떻게 보면 기업들은 경쟁시대에서 스스로 살아남기 위해 환경 정책을 강화하는 것이나 다름없는 일이지.

환경을 지키는 파수꾼이 되고 환경보호에 앞장서라고 말하면 누군가는 이렇게 말할지도 몰라.

"그건 환경보호 전문가들이 할 일이다. 우리 같은 학생들이 할 일은 아니다."

그러나 그것은 아주 잘못된 생각이란다. 환경을 보호하고 지키는 일은 일곱 살 난 어린이도 할 수 있는 일이란다. 집에서 재활용품을 잘 모아서 재활용품 수거일에 내놓는 것, 길을 가다가 버려진 휴지조각 하나라도 줍는 일, 음식을 먹을 때 남기지 않고 깨끗하게 그릇을 비우는 것 등등 이런 모두가 환경보호를 실천하는 일이란다. 특히 일상생활에서 절약하고 재활용하는 습관을 스스로 갖는 것은 훗날 어른이 되어서도 스스로의 삶에 매우 중요한 영향을 미친단다.

애들아! 환경 보호와 실천은 이런 마음이 앞서야 한단다.

'나 하나쯤 이래도 되겠지'가 아니라 '나부터라도 이렇게 실천해야지'라는 마음이 그거야.

내가 버린 쓰레기는 결국 돌고 돌아 내 입으로 돌아온다는 자연의 법칙을 잊지 않는다면 우리 모두 환경지킴이가 될 수 있을거야.

함께 만들어가는 세상은 아름답다

인생의 지침이 되는 명언 한마디 – 23

✳ 눈길을 걸어갈 때 어지럽게 걷지 말기를. 오늘 내가 걸어간 길이 훗날 다른 사람의
이정표가 되리니…….

— 백범 김구

55 공부는 머리가 맑을 때 해라

이런저런 잡다한 생각들이 머릿속에 가득 차 있으면 머리가 아파오고 어떤 일을 하더라도 집중력이 떨어진단다. 정신없이 몸을 많이 움직이거나 사람이 많고 시끄러운 환경에 처해도 마찬가지로 머릿속은 무언가로 뒤엉켜 있는 듯 복잡하단다. 이런 상황에서는 어느 하나에 몰두하기가

힘든데, 그것은 집중력이 떨어지기 때문이란다.

집중력과 공부는 밀접한 관계가 있단다. 어떤 지식을 외우거나 문제를 풀어야 하는데 집중력이 생기지 않으면 그것은 시간 낭비에 불과한 일이 되지.

사람에게는 다 저마다 해야 할 일이 있단다. 직장인은 일을 하고 월급을 받게 되고, 사업가는 많은 사람들을 고용하여 새로운 제품을 만들고 그것을 팔아 이익을 창출하지. 너희들은 학생이란다. 학생이 해야 할 일은 두말할 나위 없이 공부이니 싫든 좋든 너희들도 자신에게 주어진 공부를 해야 하는 것은 당연한 일일 게다. 노력했는데도 성적이 나오지 않는 것은 그 누구도 어쩔 수 없는 일이지. 하지만 노력하지 않고서 공부가 잘 되지 않는다거나 어렵다는 말은 하지 말아야 된단다. 또한 너희 같은 학생들이 공부를 해야 하는 이유는 굳이 대학을 가거나 학자로 거듭나기 위한 것이 아닐지라도 해야만 하는 것이 공부란다. 대학에 가거나 전문 직업학교에 입학하기 전에 너희들이 하는 공부는 사회 활동을 하는데 뿌리가 되는 기본적으로 알아야 할 역사나 문화, 도덕, 외국어 등이 대부분을 차지하는 만큼 하지 않으면 안 될 것이다.

그렇다면 같은 공부를 하더라도 이렇게 해보자. 방과

후 집에서 단 두 시간을 하더라도 복잡한 생각이나 고민을 떨구어 버리고 마음이 차분해졌을 때 시작하는 거야. 마음이 안정되면 머리가 맑아지고 이럴 때는 집중력이 높아져 한두 번 외운 것도 오랫동안 기억에 남기 마련이거든. 좀처럼 답이 보이지 않는 수학 문제들도 머리가 맑아지면 한결 쉽게 풀 수 있단다.

'정신일도하사불성(精神一到何事不成)'이라는 말은 집중력의 중요성을 한 마디로 표현한 말이란다. 모든 잡념을 버리고 정신을 한 곳에 집중하여 정진하면 소망하는 바를 얻을 수 있다는 뜻이지. 그러니 공부를 할 때는 얼마만큼 오랫동안 할 것인가보다도 어떤 마음가짐과 분위기 속에서 해야 하는지를 먼저 생각하고 실천해 보길바란다.

 이렇게해보자

- 1. 시작하기 전에 잠시 명상에 잠긴다.
- 2. 종교가 있다면 마음을 차분히 가라앉히는 기도를 해보자.
- 3. 아침에 한두 시간 일찍 일어나 아주 조용한 시간에 공부해 보자.
- 4. 친구들이 있는 독서실이나 도서관은 가급적이면 피한다.
- 5. 공부를 할 때 음악을 듣는 일을 피한다.

56 게임에 중독되지 마라

어른들 중에는 마약이나 노름에 중독이 되어 자신은 물론이고 가족들의 삶까지 망치는 이들을 종종 볼 수 있단다. 중독이란 참으로 무서운 거란다. 한번 중독되면 헤어 나오기가 쉽지 않기 때문이지. 물론 좋은 것으로 중독된다면 그것은 자신을 위한 발전이기 때문에 나무랄 일은 아니란다.

이를테면 공부나 봉사에 중독된다면 그건 좋은 일이겠지. 하지만 중독의 대부분은 좋지 않은 것에서 나타나기 때문에 누구나 '중독'이란 녀석의 늪에 빠져들지 않도록 스스로를 관리해야 한단다.

우리가 주변에서 가장 쉽게 볼 수 있는 중독은 노름이나 마약이 가장 흔한 예지. 하지만 최근 들어서는 어른 아이 할 것 없이 쉽게 빠져드는 것이 바로 컴퓨터 게임인 것 같더구나.

게임이 나쁜 거라고 생각하지는 않는다. 건전한 게임을 적당히 즐기면서 머리도 식히고 즐거움도 얻는다면 그건 좋은 일이지. 문제는 중독이란다. 중독은 중독 그 자체가 심각한 일이며 극한 상황에서는 죽음까지 초래하게 된단다.

어떤 아이는 게임에 중독되어 가출을 한 후 PC방에서 며칠 밤낮을 게임만 하다가 결국 죽기도 하고 어떤 어른은 금전을 노리는 게임에 빠져 가산을 탕진하는 일도 발생하는 게 요즘의 현실이란다.

너희들은 컴퓨터 게임에 너무 많은 시간을 빼앗기고 있지는 않니?

하루에 두세 시간씩 게임을 하거나 단 하루라도 게임을

하지 않는 날이 없을 정도로 게임을 즐기는 마니아라면 자신이 게임중독에 걸린 것은 아닌지 스스로를 추슬러볼 필요가 있단다. 중독이란 자신도 모르는 사이에 서서히 빠져드는 것이므로 정작 자신은 중독자이면서도 그것을 모를 수도 있단다.

게임을 너무 많이 하느라 학교 공부를 소홀히 한 적은 없는지. 부모님께 야단을 맞은 적은 없는지. 학교 수업시간에 전날 밤 게임에 대한 기억이 떠오르는지. 이런 일이 지금 현재 너희들에게 진행되고 있다면 한번쯤은 스스로를 진단해 볼 필요가 있단다. 그리고 부모님이나 선생님께 도움을 청해야 한단다.

● 함께 만들어가는 세상은 아름답다

 인생의 지침이 되는 명언 한마디 - 24

＊ 무엇을 생각하고 어떻게 느끼는가는 자기 스스로 결정하는 것이다. 결국 인생은 자기 자신의 몫이다.

― 미리암 레빗

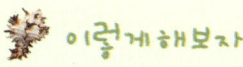 이렇게해보자

●● 자가진단

자기 자신에게 혹은 타인들에게 자신이 게임을 하는 것에 대해 정당화 등을 하지 않는지 스스로 테스트해 보자. 게임중독자가 되면 게임에 대한 완강한 부정, 축소, 떠넘기기, 핑계, 합리화, 공격성 등이 나타난다. 이러한 것을 하나씩 살펴보자.

● 완강한 부정
내가 왜 게임에 중독되어 있다고 생각하나? 난 게임중독자가 절대 아니야!

● 축소
나는 현재 게임을 하지만 나 스스로 아무런 문제가 없어.

● 떠넘기기
게임에 도취하게 된 것은 (친구, 형, 누나, …등)때문이야.

내가 잘 못한 건 없다. 이런 건 (사람, 환경… 등) 탓이 더 많아.

● 핑계
정신이 없다. 잠시 머리 좀 식힐겸 한 게임 해야지.

● 합리화
유명인들도 게임을 하는데 나는 하지 말아야 되는 이유가 뭐지?

게임중독은 상위중독(알코올, 니코틴… 등)보다 괜찮잖아.

내가 왜 게임을 하냐고? 주위 사람들과 같이 있어도 할 게 없잖아.

● 공격성
나한테 자꾸 게임에 대해서 이야기 하는데 혹시 신경과민 아니야?

내가 게임을 하는걸 말릴 시간 동안 너나 잘해.

그 시간에 네 발전이나 해.

● 우회
내가 게임을 하면서 현실상으로나 게임상으로나 누구에게도 피해를 준 적이 없잖아.

57 사소한 일에도 감사하는 마음을 가져라

     친구가 바닥에 떨어진 책을 주워서 건네줄 때, 길을 가다 넘어졌는데 처음 본 사람인데도 다가와서 손을 잡아줄 때, 모르고 있던 새로운 사실을 선생님께서 알려줄 때 우리는 반드시 해야 하는 말이 있지.

"고맙다, 친구야."

"고맙습니다."

"선생님, 감사합니다."

우리들은 흔히 고마움을 표현할 때 "감사합니다." 또는 "고맙습니다."라고 표현하지. 그런데 너무 가까운 친구이기 때문에 가족이기 때문에 매일 보는 선생님이라서 고맙다는 말을 굳이 하지 않아도 된다고 생각하는 사람들이 있지. 너희들도 그런 때가 있었을 거야. 하지만 고마움, 감사하는 마음을 전하는 말은 누구에게나 언제든지 해야 한단다.

사람은 가슴 깊은 곳에서부터 우러나오는 진심어린 감사의 말을 전할 때 몸에서는 '엔돌핀'이라는 물질이 생겨나 온 몸에 퍼져 몸과 마음을 훨씬 가볍게 해주면서 기분을 좋게 만든다는 사실을 알고 있니?

감사하는 마음, 고맙게 여기는 마음은 모든 덕의 모체(母體)가 된단다. 감사하는 마음은 곧 관심과 사랑이며 나눔이라 할 수 있거든. 선행을 베풀거나 효도 하는 일도 감사하는 마음에서 비롯된 것이란다.

내가 가지고 있는 것과 내가 처해 있는 환경에 대해 감사할 줄 모르면 욕심만 늘게 되고 결국 '탐욕'이 들어서서 자신 스스로를 불행의 길로 안내하는 오류를 저지르고 만

단다.

　주위를 둘러 봐. 감사의 마음을 전해야 하는 분들과 사물들이 우리 주의를 빼곡히 채우고 있지 않니? 먼저 우리를 위해 항상 애쓰시고 고생하시는 부모님과 든든한 버팀목 역할을 잘 해주는 고마운 형제, 자매 그리고 늘 많은 도움을 주시는 선생님께 감사하는 마음을 잊어서는 안 돼. 또 밥상 위에 놓인 음식에 감사할 줄 알아야 한단다. 지금 이 순간에도 먹을 것이 없어 기아에 허덕이는 사람들이 셀 수 없이 많거든. 음식 하나하나에 농부들의 노고를 생각하며 감사하는 마음으로 음식을 먹어야 해. 또 오늘 건강하게 뛰고 웃을 수 있다는 것 자체에 스스로 감사할 줄 알아야 하며 이를 가능케 해주신 부모님께 진심으로 감사하는 마음을 가져야 하지.

　이밖에도 감사하는 마음을 가져야 하는 것들은 무척 많아. 주변에서 흔히 볼 수 있는 나무, 토양, 바람, 햇빛, 그리고 물 등. 내 주변에서 변함없이 항상 함께 있어 주었기에 지나치기 쉬운 것들이야. 하지만 이중 하나만 없어지더라도 무척 불편하고, 때로는 생활을 이어갈 수 없을지도 몰라. 우리 주변의 모든 사람, 모든 사물에 감사하는 마음을 갖는다면 자신 스스로 세상에서 가장 행복한 사람임을 느

끼게 된단다

　　감사하는 마음은 깨끗한 마음이며 따뜻한 마음이며 기뻐하는 마음에서 비롯된다는 말이 있듯이, 순수한 마음으로 가슴 깊이 감사의 마음을 전할 줄 아는 겸손한 사람이 되어야 한단다.

 인생의 지침이 되는 명언 한마디 - 25

※ 친구가 어떤 제안을 해도 거절하지 말라. 아무런 이익이 되지 않는다 해도, 단 한 가지는 되돌아오는 것이 있다.

－ S. 존스

58 자신의 실수에 대해 핑계대지 마라

사람은 완벽하지 않기 때문에 실수를 할 수도 있단다.
하지만 똑같은 실수가 반복되지 않도록 노력해야 해. 그래
야 다음에는 같은 실수를 저지르는 오류를 범하지 않거든.
이러한 실수보다 더 나쁜 것이 무엇인지 아니? 바로 자신의

실수를 인정하지 않고 스스로 부정하는 행동이지. 특히 실수에 대해 핑계를 대는 일은 아주 어리석은 행동이야.

집에서 우연히 엄마가 아끼는 꽃병을 깨트렸다고 치자. 이때 "형이 밀어서 꽃병이 깨졌어요.", "손이 미끄러워서 꽃병을 놓쳤어요."라고 말하기보다는 "엄마 죄송해요, 주의하지 못 했어요."라고 잘못을 시인하는 것이 바람직한 행동이란다. 그럼 엄마도 진심이 닿아 크게 나무라지 않고 용서를 하게 되지.

반대로 잘못을 인정하지 않고 핑계를 댔다고 치자. 아무리 근사한 핑계라도 솔직한 마음이 들어가 있지 않으며 오히려 화(禍)만 크게 불러 온단다.

핑계라는 건 꼭 실수한 후에만 뒤따르는 것은 아니야. 어떤 일이 하기 싫고 귀찮을 때도 "상황이 이렇게 어려운데 그 일이 가능할까요?", "몸이 아프니까 다음에 할께요." 등의 핑계를 대기도 하지. '성공하고 싶다면 핑계를 대지 마라'는 말이 있어. 도전도 해보기 전에 빠져나갈 궁리부터 하는 도피의식이 마음속에 굳게 버티고 있는 한 성공하고는 거리가 멀어지는 거야.

이런 경우 핑계를 대려거든 차라리 하기 싫다고 솔직하게 시인하는 편이 낫단다. 그래야 의욕도 달아나지 않고 다른 일에 정진할 수 있는 힘도 얻어낼 수 있거든. 어떠한 일에 도전하기 위해서는 능력과 조건을 갖추는 것도 중요하지만 의욕을 잃지 않는 것은 더욱 중요해. 부족한 능력과 조건은 의욕으로 보충할 수 있지만 죽어 있는 의욕은 그 어떤 능력과 조건으로도 보충할 수가 없으니까.

애들아! 너희들은 핑계를 대지 않도록 노력해 주길 바란다. 신이 아닌 이상 인간은 실수를 하는 게 어쩌면 당연한 일이거든. 우리는 컴퓨터나 기계인간이 아니란다. 실수를 인정하고 다시는 같은 실수를 반복하지 않으려고 노력하는 모습은 정말로 아름다운 일이란다.

 인생의 지침이 되는 명언 한마디 - 26

＊ 사람이 넘어지는 것은 불명예가 아니다. 그가 넘어졌을 때 그대로 누워서 원망하며 불평만 해대는 것이 바로 불명예이다.

－ 조쉬 빌링스

59 고사성어(故事成語)를 즐겨 외워라

交友以信
知彼知己
烏飛梨落
以心傳心

'옛말 그른 것 하나 없다.'는 말이 있다. 세상을 살다보면 특히 사회 활동을 폭넓게 하게 되면 어른들이 하던 말이 실감날 때가 한두 번이 아니다. 고사성어(故事成語)는 그

대표적인 예란다.

고사성어는 옛날부터 흔히 내려온 말이나 그것을 나타낸 어구로 한자로 표기된 것들이 주를 이루며 이중에서도 4글자로 된 것들이 많지. 일일이 셀 수 없을 만큼 수많은 고사성어들이 있는데 하나같이 삶에 소중한 지침이 되는 말들로 이루어져 있단다.

우리가 자주 쓰는 고사성어 중에 '이심전심'(以心傳心)이란 말이 있지. 서로 마음이 통하는 경우에 쓰이는 말인데, 사실은 불교에서 나온 말이란다.

본래 불교 선종의 용어로 말이나 글에 의하지 않고도 불법의 심오한 뜻이 스승으로부터 제자에게 전달되는 것을 말한단다. 석가모니가 영취산에서 8만 명의 대중을 향하여 꽃을 들어 보였을 때, 제자들 가운데 마하가섭 한 사람만이 석가모니의 생각을 알아차리고 미소를 지었다는 데서 유래한 염화미소(拈華微笑)라는 고사에서 생겨났다고 한다. 이는 쉽게 말하면 상대가 하고자 하는 말을 이미 알아차리고 있는 경우지.

아름다운 꽃을 보았을 때 내가 "이 꽃은 정말이지 예술이야."라고 말하려 하는데 친구도 이미 알아차리고 같은 말을 하거나 느낌을 드러낼 때 또는 도서관에서 공부를 하다

가 잠시만이라도 게임으로 기분 전환을 하려고 자리에서 일어났는데 친구도 마찬가지로 일어나서 합류하게 됐을 때 두 사람은 서로 약속하지 않았지만 같은 생각을 갖고 있었던 거야. 이럴 때 우리는 이심전심이라는 말을 쓰곤 하지.

친구간의 신뢰를 말하는 '교우이신'(交友以信), 적을 알고 나를 알면 승리한다는 '지피지기(知彼知己) 백전백승(百戰百勝)', 어려운 환경에서도 공부에 최선을 다하라는 노력을 강조하는 형설지공(螢雪之功), 어떠한 사건이나 일이 서로 꼬리를 물고 잇달아 발생하는 오비이락(烏飛梨落) 등등 실생활에 접목시킬 수 있고 올바르고 성공하는 삶으로 이끌어주는 좋은 고사성어는 너무도 많단다.

또 이런 고사성어들은 어떤 글이든 자신의 감정을 표출시키거나 어떤 상황을 설명할 때 아주 적절한 언어로 쓰여지기도 하지. 고사성어는 우리 선조들이 살아가면서 직접 보고 듣고 체험하면서 얻어진 삶의 진리 같은 것인 만큼 아무리 시대가 바뀌었다 할지라도 사람 사는 세계에서는 그 뜻과 의미가 통한단다.

너희가 어른이 되었을 때 고사성어의 진가는 더욱더 느끼게 될 것이란다. 하루에 한 가지씩만이라도 외워둔다면 지금 당장은 국어 공부에 큰 도움이 되지만 훗날에 그것은 너희들의 생활 속에서 일 속에서 피부로 와닿는 소중한 교훈이 되어줄 것이란다.

 인생의 지침이 되는 명언 한마디 - 27

＊ 배운 게 없다고, 힘이 없다고 탓하지 말라. 나는 내 이름도 쓸 줄 몰랐으나 남의 말에 귀 기울이면서 현명해지는 법을 배웠다.

－칭기즈칸

60 게으름을 피우지 마라

생명은 매우 고귀한 것이지. 그러니 우리 개개인 또한
얼마나 소중한 존재인지 모른단다. 더욱이 이 세상 어디에
도 모든 것이 똑같은 사람은 단 한 명도 없으니 한 인간으로

태어나 인격체를 갖고 살아간다는 것은 그 무엇과도 바꿀 수 없는 삶이 아니겠니.

하지만 어떤 사람들은 자신에게 주어진 하루하루를 알차고 열심히 살기보다는 게으름을 피우면서 시간을 무의미하게 흘려 보내기도 하지.

우리는 똑같은 인생을 두 번 살지 못한단다. 인생이란 단 한 번씩 우리에게 주어지는 것이란다. 이런 인생을 게으름을 피우며 보내서야 되겠니. 그것은 참으로 어리석은 일이고 자신을 버리는 일이란다.

일이나 공부에 게으름을 피우는 사람은 능력이 부족하고 힘이 부쳐서 하지 않는 것보다는 자신의 게으름 때문에 일 하기 싫고 공부하는 것이 귀찮아 하루하루를 소비해 버리고 마는 것이란다.

우리 나라 전래 동화 중 '소가 된 아이' 라는 이야기를 들어본 적이 있니?

한 게으른 소년이 있었어. 그 소년은 서당에 가는 일이 너무 귀찮아서 집에는 서당에 다녀온다는 거짓말을 한 뒤 나무 그늘 아래에서 낮잠을 자곤 했지. 소년이 낮잠을 잘 때마다 옆에서 함께 낮잠을 자는 소를 보고 소년은 생각했어. '나도 집에 거짓말하지 않고 마음 편하게 소처럼 잠만

잤으면……'

　생각을 마치기가 바쁘게 소년은 정말 소가 되고 말았
단다. 소가 되자 소년은 자신의 생각과는 다르게 매일 매
를 맞아가며 밭을 갈고 무거운 짐을 나르며 고된 일을 도
맡아 하게 되었어. 부모님이 보고 싶어 집으로 달려가도
소의 탈을 쓴 소년은 문전박대를 당할 수밖에 없었단다.
결국 자신의 게으름을 후회하며 눈물을 흘리는 순간 소년
은 꿈에서 깨어나고 이 모든 것이 꿈이었다는 것을 알게
돼. 그 꿈을 꾼 이후부터 소년은 무척 부지런해져 서당 공
부를 게을리 하지 않아 장차 훌륭한 사람이 되었다는 얘
기야.

　게으름에 빠진 사람은 언제나 무기력하고 꾀죄죄하고
불쌍해 보이기 마련이란다. 아무리 머리에 든 것이 많고 주
머니에 가진 것이 많아도 몸에 게으름이란 것을 붙이고 있
으면 영특한 머리와 돈은 아무런 가치가 없단다.

　게으름은 누구의 잘못도 아니야. 엄마 아빠의 잘못도
아니고 주변 환경의 잘못도 아니야. 바로 자기 자신의 잘못
이란다. 이 잘못을 빨리 깨우치고 스스로를 채찍질하여 게
으름을 떼어버려야 한단다.

　사람은 누군가에게 인정받기 위해서는 끊임없이 노력

하는 것도 있지만 따지고보면 자신 스스로를 위해 부지런
하게 움직이며 열심히 살아가는 것이란다. 시간이란 붙들
어 놓을 수 없는 것이기에 우리는 시간이 흐를수록 나이를
먹게 되지. 때문에 공부할 수 있는 시간이 주어졌을 때 열
심히 공부하고 일할 수 있을 때 최선을 다해 땀흘려 일하는
것이란다.

　지식을 넓히는 것은 물론이고 자신을 좀더 성장시키기
위해서는 학생이든 어른이든 자신이 처한 환경에서 노력하
고 빠르게 행동해야 하는 거란다.

　그러기 위해선 조금 일찍 일어나 맑은 정신으로 하루를
시작해 보는 것은 어떨까? 학교에 돌아와서는 과제도 미루
지 말고 바로바로 끝내고, 다음날 준비물은 미리 챙겨 놓는
것이 좋겠지. 내 방 청소쯤은 내 손으로 직접 하는 것이 스
스로를 기쁘게 할 뿐아니라 부모님에게도 기쁨을 선사하는
일이 될 거야.

　애들아! 이런 말이 있단다.

　'게으름이 빚어낸 상품은 가난뿐이고, 게으름이 탄생
시킨 인물은 거지뿐이다.'

　"내일 해도 되겠지"라는 생각을 버리고 지금 당장 할
일을 하는 부지런함과 실천력을 길러야 한단다. 열심히 부

지런하게 공부하고 활동할 때 하루하루 달라지는 자신을
발견할 수 있으니까.

 인생의 지침이 되는 명언 한마디 - 28

* 삶을 충실하게 사는 방법. 그것은 언제나 '내가 왜 이러고 있지?'라는 질문을 자신
에게 던지는 것이다.

- 지미 브레슬린

61 미리 어른 흉내
내지 마라

'옆집 대학생 형이 손을 잡고 다니는 여자 친구는 정말 예쁜 걸'

'아빠가 입고 다니는 무스탕은 비싸다고 하던데 나도 입었으면 좋겠는 걸'

이런 생각이나 관심은 호기심에서부터 나온다고는 하

지만 너희들이 실제로 행하기에는 너희는 아직 어리단다. 몸은 어른처럼 부쩍 성장해가고 있지만 어른들처럼 생각하고 판단을 내리기에는 아직 이른 미성년자란다. 또 어른이 되면 모두 풀릴 궁금증들인데 서두를 필요 없지 않겠니.

어른들이 하지 못하게 말리는 데에는 다 그만한 이유가 있단다. 너무 이른 나이에 여자친구를 친구로 보지 않고 예쁜 여자로 생각하고 가깝게 지내다보면 공부 하기가 힘들어져. 또 나이답지 않게 어른들의 옷을 입고 다니면 남의 옷을 빌려 입은 것처럼 조금은 우스운 꼴이 되기 십상이란다.

지금부터 하려는 이야기는 위에 나온 이야기와는 약간 다른 성격의 이야기인데 이도 마찬가지로 일찍 어른을 흉내 내려다 창피만 당한 사례란다.

글을 잘 쓰는 열세 살 소년이 있었어. 부모와 선생님들은 그 소년의 문학성을 높이 샀지. 소년은 교외 백일장 대회에 나가기 위해 여러 편의 시를 읽고 분석하기 시작했어. 친구들과 선생님의 기대 속에 백일장 대회에 나간 소년은 과연 어떻게 되었을까? 결국 입상도 하지 못한 채 돌아오고만 거야. 적어도 우수상은 기대하고 있던 선생님은 주체 측에 전화를 했어. 그러자 이런 답변을 들었단다.

"어린이들의 시를 순수하게 키워 나가기 위해서는 어

른의 흉내를 내지 않게 하는 것이 대단히 중요합니다. 어린이다워야 할 시 문구들이 어른의 시를 흉내내려 자신의 모습을 잃어가고 있습니다. 그 어떠한 사람이라도 좋은 시를 써내기 위해서는 자기 자신을 갈고 닦아야 하고, 자기의 마음이 얼마만큼 자기다워졌는가에 따라 그 시도 좋아지는 것입니다. 13세 소년이 30세 된 어른의 눈과 기분과 사상을 본뜨려고 애쓰는 건 무척 안타까운 일이 아닐 수 없습니다."

제때에 맞는 행동을 하는 것이 가장 가치 있는 거란다. 과일도 적당하게 익었을 때 탈이 안 나는 것처럼 아이는 아이답게 학생은 학생답게 행동하는 것이 가장 이상적이라 말할 수 있단다.

 인생의 지침이 되는 명언 한마디 - 29

* 인생이라는 커다란 가게에 들어가서 네가 원하는 것을 무엇이든지 가져라. 단 그것에 대한 대가를 항상 지불할 준비를 하라. 그것이 인생이라는 가게의 법칙이다.

– 중국 속담

62 먼저 용서의 손길을 내밀어라

　　친구와 심하게 말다툼을 하거나 주먹다짐을 했다면 먼 저 용서하고 손을 내미는 아량을 베풀어 보길 바란다. 먼저 용서하는 사람이 이기는 법이거든. 용서가 늦으면 승리는 상대에게 넘겨지고 말아. 상대에게 승리를 하기 위해서 용 서하라는 말이 아니란다.

화가 나면 나를 화나게 한 상대를 미워하게 되고 증오심과 복수심까지 생기는 게 사람의 심리야. 그럼 상대도, 나 자신도 너무 힘이 들고 괴롭게 돼. 단짝친구와 싸운 후 마음의 문이 닫혀서 말을 하지 않고 서로 자존심만 세우고 있다고 가정해 보자. 항상 함께했던 등·하교길도 혼자 가야 하고 함께 공유하고 있는 사물도 사용할 수가 없어. 무엇보다 공감대를 형성하고 있던 두 친구는 외로움과 편치 않은 마음 때문에 공부도 수업도 집중할 수가 없게 되지.

모든 사람들에게는 '용서'라는 게 반드시 필요한 거란다. 우리가 살다보면 사소한 일로도 상대를 힘들게 하고 우리 자신 또한 말 한 마디에 슬퍼지기도 하고 상대가 미워지기도 하지. 하지만 이런 마음들이 늘 마음속에 남아 있지 않고 편안하고 즐거워질 수 있는 것은 바로 용서가 있기 때문이란다. 상대를 용서하면 자신의 마음속에 있던 무거운 짐을 깨끗이 씻어낼 수 있단다.

용서를 할 때도 시기가 중요하단다. 모든 것은 때를 놓치면 일을 그르치게 되거든. 누군가를 용서하는 것 또한 용서할 수 있을 때 용서를 해야 하지. 상처가 크고 깊어져 마음속에서 곪아 버린 상태라면 용서하기도 용서받기도 힘이 들거든. 때문에 지금 너희들이 누군가를 미워하거나 상대

로 인해 마음이 상했다면 나쁜 감정을 너무 오랫동안 담아 두지 말고 조금 서둘러서 상대에게 다가가 용서를 구하는 것은 참으로 좋은 일이란다.

다만 상대를 용서하기로 마음먹었다면 반드시 유념해 두어야 할 사항이 있지. 절대 누구의 잘잘못을 따지지 말아야 한다는 것이다. 용서를 하면서 "사실 너의 그런 행동은 참으로 잘못된 거야."라고 말한다면 상대의 감정은 더욱 격해지고 용서를 하더라도 받아주기 힘들단다.

"주먹을 쥐고 살지 말라"는 외국 속담이 있다. 세상을 사는 데는 쥐어진 손(응어리진 마음)보다는 반듯하게 펴진 손(열린 마음)이 필요하단다. 반듯하게 펴진 손이어야 만나는 사람들과 악수도 나눌 수 있고, 잘 하는 이들에게는 박수도 쳐 줄 수 있지 않겠니. 또 실의에 빠져 있는 이웃을 쓰다듬어 줄 수도 있고, 상처로 괴로워하고 있는 친구를 다독거려 줄 수도 있는 거야.

지금 나를 고통스럽게 만들고 상처를 준 사람이 너무 미워 말을 하지 않거나 연락을 하고 있지 않은 상태라면 수화기를 들어 먼저 연락을 취해 봐. 너무 늦은 용서가 아니라면 분명 상대는 반가운 목소리로 너를 기쁘게 맞이해 줄 테니까.

철학자 카스터가 한 말을 한번 생각해 보자.

"잠들기 전에 그날 하루를 되돌려 생각하면서 그날 있었던 모든 일들을 깨끗이 정리하라. 자신을 용서하고 자신을 괴롭히던 것을 모두 용서하라. 그렇게 하면 몸과 마음이 편안해질 것이다. 상처들이 마음 밑바닥에 가라앉아 잠재의식의 일부가 되지 않도록 모두 용서하라. 그렇지 않으면 그것들이 당신에게 달라붙어 고질적인 종기가 될지도 모른다."

 인생의 지침이 되는 명언 한마디 - 30

＊ 용서하지 않는 사람은 자기가 통과해야 할 다리를 파괴하는 사람이다.

– 조지 허버트

63 어른이 되어서도 이것은 하지 마라

어느날 아침 담 벽에 페인트 칠을 하려고 대문을 열고 골목으로 이어진 담으로 간 순간 나는 놀라지 않을 수가 없었단다. 갑자기 "튀어"라는 소리가 들리면서 후다닥 성급

하게 도망치는 아이들을 보게 된 거야. 중학교 2-3학년쯤 되어 보이는 아이들 세 명이 담배를 피우다가 나를 보고 도망을 친 거지. 인근에 중고등학교가 있는데 아이들은 종종 우리 집 담 벽 아래에서 담배를 피웠던 거야.

세상에서 아름답지 못한 모습은 많지만 교복 입고 가방 든 채 어른들 몰래 남의 집 담 벼락 아래서 담배를 피우다가 도망치는 아이들의 모습이야말로 정말이지 '이건 아니다' 라는 생각밖에 들지 않았단다. 어른들 눈을 피해 피워야 할 만큼 흡연이 떳떳하지 못한 거라면 아예 하지 말았어야 되지 않았을까 싶다.

더욱이 흡연은 어른들의 건강을 해치는 가장 큰 주범으로 알려질 만큼 '백해무익(百害無益)'한 것이라는 걸 너희들도 잘 알고 있을 거야. 더욱이 한창 성장하는 너희들에게 담배는 치명적인 존재가 될 수도 있단다. 폐나 목은 물론이고 뇌에까지 영향을 미칠 수 있기 때문이지.

애들아! 너희가 어른이 되어서 너희가 번 돈으로 흡연을 할 때가 되면 지나가는 누군가도 아무말없이 그냥 지나친단다. 담배는 취향에 따라 피우는 것이니 남의 건강이 어찌 되든 누가 관여할 일이겠니. 하지만 너희는 이제 한창 자라나는 나이인데다 공부하는 학생인 만큼 흡연은 어떤

도움도 되지 않는단다.

담배를 피운다고 해서 너희들을 어른으로 여기는 사람은 단 한 명도 없단다. 그저 안타까울 따름인 거지.

술도 마찬가지란다. 마시면 정신이 혼미해지는 음식인데다 과하면 실수를 불러오는 원인이 되기도 하지. 이뿐만이 아니란다. 간, 위, 대장 등과 관련된 질병을 유발시키는 근원이 된단다.

어른들의 경우 사회 활동에서 대인관계 유지를 위해서나 애경사에 참석하여 함께 슬픔, 기쁨을 나누기 위해 마시는 적당량의 술은 권장할 만한 일이지만 아직 너희에게는 인간관계의 형성이 공부보다 급하지는 않잖니.

게다가 아주 중요한 사실 하나가 더 있단다. 담배와 술은 반드시 즐겨야 하는 것이 아닌데다 건강과 경제적 능력이 어느 정도 갖추어졌을 때 가능하지만 너희들은 담배와 술을 살 수 있는 돈을 벌지도 못하고 있으니 결국 부모님에게 부담을 지우는 일이 되고 신체는 한창 성장 과정에 있으므로 건강을 해치는 지름길이 된단다.

애들아! 담배와 술 그것을 즐긴다고 어른이 되는 것도 어른스러워지는 것도 아니란다. 또 너희는 담배 피우는 멋있을 거라는 생각도 갖는데 이것은 커다란 착각이란다.

게다가 요즘이야말로 흡연자는 설 자리가 점점 없어지는 그런 상황이란다. 어른이 되어서도 절대 담배와 술은 가까이 하지 말기 바란다.

🐚 인생의 지침이 되는 명언 한마디 - 31

＊ 파브르는 곤충에 미쳐 있습니다.
포드는 자동차에 미쳐 있습니다.
에디슨은 전기에 미쳐 있습니다.
지금 여러분은 무엇에 미쳐 있는가를 살펴보십시오.
왜냐하면 여러분이 미쳐 있는 그것은 반드시 실현되기 때문입니다.

− 폴 마이어

64 음악은 어느 한쪽에 치우치지 않는 게 좋단다

지하철이나 버스 안에서 청소년들을 볼 때마다 나는 이런 생각을 하곤 하지.

"아이들은 왜 유행가요만 듣는 걸까?"

음악을 어느 한쪽만 좋아하는 것은 편식을 하는 것과 같은 일이란다. 음악은 장르가 다양한데다 저마다 사람에게 주는 느낌이 다르기 때문에 다양한 음악을 접하는 것이 감성을 키우고 정신을 건강하게 만드는 데 커다란 도움이 된단다.

이를테면 이런 거지.

휴식을 취할 때는 클래식 음악을 들으면 마음이 한결 편해지고 피로도 가시는 듯한 느낌이 들지. 공부를 하는 도중에 너무 졸려서 졸음을 쫓아내야 할 때 유행가요나 팝송 중에서 빠른 템포의 음악을 들으면 힘이 나는 것 같고 신선한 기분이 된단다. 혼자서 곰곰이 생각을 하고 싶을 때는 피아노, 첼로, 바이올린 같은 악기의 연주곡을 듣는 것이 좋으며, 여행을 가거나 이동시에는 평소 좋아하는 음악 중에서 시끄럽지 않고 조용한 곡을 선별하여 듣는 것도 좋지.

같은 음악이라 할지라도 때와 장소에 따라서 느낌이 다르고 그로 인해 우리의 마음이나 행동도 달라지거든.

서양음악만 듣는 것도 그다지 좋은 일은 아니야. 우리 전통음악도 아주 좋거든. 우리의 몸에는 우리 음악을 수용할 수 있는 민족적 정서가 살아 있거든. 굳이 음악 분야를 전공할 생각이 없다 하더라도 음악을 많이 듣고 음악에 대

한 다양한 지식을 갖는 것도 좋은 일이야. 특히 창의적인 일을 할 때는 음악에서 얻은 영감을 자신의 작품세계에 불어넣을 수도 있으니까.

애들아! 어찌되었든간에 음악은 좀 다양하게 그리고 때와 장소를 가려서 그에 맞는 음악 듣기를 즐기면 좋을 것 같구나.

단, 너희들이 음악을 즐기면서 조심해야 할 것이 한 가지 있단다. 그것은 다름 아닌 타인에게 방해가 되어서는 안 된다는 것이지.

음악을 듣는 것은 각자의 자유이고 취향이야. 하지만 버스나 지하철 안에서 시끄러울 정도로 크게 음악을 듣는 사람들이 종종 있지. 이어폰을 하고 있지만 그 소리가 크면 밖으로 새어나와 다른 사람을 방해하거든. 심지어 이어폰 밖으로 새어나오는 음악은 무슨 음악인지 제대로 들리지가 않기 때문에 다른 사람들한테는 소음으로 들리게 된단다. 그러니 많은 사람들이 있는 곳에서는 조심해야 한단다.

참, 음악과 관련해서 생각해 보면 한 가지 재미있는 사실이 있단다. 우리 나라 사람들의 공통점과 같기도 한 이야기이지. 10대, 20대 시절에는 당시 유행하는 가요나 팝송에 빠져들지만 30대가 40대가 되면 흘러간 노래나 소위

'뽕짝'이라고 말하는 트롯트 음악을 좋아하게 되고, 50대, 60대로 넘어가면 우리의 전통음악인 창이나 민요도 즐겨듣고 부르곤 한다는 사실이야.

 인생의 지침이 되는 명언 한마디 - 32

※ 종은 종이 아니다. 내가 그것을 울릴 때까지는.
노래는 노래가 아니다. 내가 그것을 노래할 때까지는.
나의 마음에 사랑이 태어난 것은 언제까지나 그곳에 머무르기 위해서가 아니다.
사랑은 사랑이 아니다. 내가 그것을 사람들에게 주기까지는……

－ 오스카 해머스타인 2세

이제 우리가 할 일은 우리 스스로 꿈을 현실로
실천해 나가는 용기를 내기만 하면 됩니다.